Odine Raven, Jahrgang 1970, stammt aus dem Rheingau, wo sie schon als Jugendliche Geschichten und Gedichte verfasst.
Nach dem Abitur studiert sie in Heidelberg Englisch und Physik für das Realschullehramt und ist bis heute als freiberufliche Dozentin und Schulpädagogin tätig.
Sie schreibt seit vielen Jahren Lieder auf Englisch und auf Deutsch und singt in verschiedenen Bandprojekten.
Mit ihrem Mann und ihren drei Kindern lebt sie an der hessischen Bergstraße in der Nähe von Mannheim.
Weitere Romane sind DERIUS (2016), Die Kinder des Kain (2016) und Reines Blut (2017) aus der Ascalon Saga sowie das Märchen Rotkäppchens Lied der Wölfe (2017).

Lilu Zuckerkuss

oder

Der Dämon von Sankt Wendelin

Ein Roman von Odine Raven
2017

Bibliografische Information der Deutschen Nationalbibliothek: Die Deutsche Nationalbibliothek verzeichnet
diese Publikation in der Deutschen Nationalbibliografie;
detaillierte bibliografische Daten sind im Internet über
dnb.dnb.de abrufbar.

© 2017 Odine Raven

Umschlaggestaltung:
Selina Eichhorn, Erdt ArtWorks GmbH & Co. KG,
Viernheim

Herstellung und Verlag:
BoD - Books on Demand, Norderstedt

ISBN: 9783744895637

Johannes - Kapitel 12: Die Salbung in Bethanien

4 Doch einer von seinen Jüngern, Judas Iskariot, der ihn später verriet, sagte:

5 Warum hat man dieses Öl nicht für dreihundert Denare verkauft und den Erlös den Armen gegeben?

6 Das sagte er aber nicht, weil er ein Herz für die Armen gehabt hätte, sondern weil er ein Dieb war; er hatte nämlich die Kasse und veruntreute die Einkünfte.

7 Jesus erwiderte: Lass sie, damit sie es für den Tag meines Begräbnisses tue.

8 Die Armen habt ihr immer bei euch, mich aber habt ihr nicht immer bei euch.

Quelle: www.bibleserver.com

Das schrille Keifen des Rauchmelders zerriss die beschauliche Stille des Nachmittags und erzwang nicht nur das Gehör, sondern auch den unbedingten Gehorsam des einzigen Bewohners des urigen alten Häuschens in dem ehemals gepflegten Garten direkt neben der kleinen Dorfkirche.
"Scheiße!", stürmte der junge Mann durch die offene Küchentür und stolperte dabei über den zuvor an eben dieser Stelle vergessenen Wäschekorb, der daraufhin seinen so mühsam gewaschenen, luftgetrockneten Inhalt über die immerhin gekehrten Fliesen spie und beleidigt auf der Seite liegenblieb.
"Verflucht!"
Einen kurzen Moment lang sah es so aus, als wolle der Unglückselige die Rettung seiner Wäsche der Brandbekämpfung vorziehen, doch da besann er sich auch schon, hangelte ein Handtuch aus dem wirren Haufen und fing mit der einen Hand an, hektisch damit unter dem geräuschvollen Deckenalarm herumzuwedeln, während er mit der anderen die gefährlich rauchende Pfanne vom Herd schubste.
"Jesus Maria!", seufzte er nach erfolgreicher Beendigung seines Einsatzes, und mit zum Himmel gerichtetem, reumütigem Blick, "Nichts für ungut, Herr ..."
Der Herr war von da an gnädig und ließ seinen Diener, den jungen Dorfpfarrer Ferdinand, in aller Ruhe seine T-Shirts, Socken und Unterhosen vom Küchenboden auflesen.
"Ist nur eine Prüfung, sicher nur eine Prüfung, nicht weiter schlimm ...", murmelte Ferdinand zu sich selbst.

Mit Prüfungen kannte er sich aus! Der Herr hatte ihm bereits unzählige davon gesandt!

Angefangen bei den langen Gesichtern seiner verständnislosen Eltern, als er ihnen nach dem Bestehen des Abiturs eröffnete, katholische Theologie studieren zu wollen, mit dem erklärten Ziel, die Priesterweihe zu empfangen, und weiter über ein halbes Dutzend junger, hübscher, in der Tat äußerst reizvoller Mädchen, die in den Jahren, die folgten, nichts unversucht ließen, ihn vom Pfad der Tugend abzubringen, bis hin zum letzten großen Coup des Allmächtigen, ihn zum Seelsorger zu bestimmen ausgerechnet in dieser entlegenen, rückständigen Dorfgemeinde am Arsch der ... also in den wunderschönen, naturbelassenen *Alpen*, natürlich, wenn sie hier doch wenigstens nicht so hinter dem Mond leben würden!

Nicht einmal eine Pizza konnte er sich jetzt bestellen, woher denn auch!

Wehmütig starrte Ferdinand auf die Pfanne mit den verkohlten Überresten der Fischstäbchen vom Vortag.

"Amen ..."

Er hatte gewusst, dass es kein Leichtes sein würde, ein Leben im Dienste Gottes zu führen, nein nein, er war zu jedem Opfer bereit gewesen! Der Ruf in seinem Herzen war so stark, so übermächtig, und der Wunsch, das Evangelium zu predigen und die verlorenen Schäflein sicher auf ihre Weide zurückzuführen, so unumstößlich, so brennend ... – aber von Wäschewaschen und Essenkochen war nie die Rede gewesen!

"Oh Herr, du prüfst mich wahrlich ganz und gar ...!", fiel es ihm jetzt wieder ein. Denn dass er sich gerade um den Haushalt kümmern musste statt um die morgi-

ge Predigt, verdankte er dem Umstand, dass die Seydinger Traudl, die Frau des Gemeinderatsvorsitzenden Alfons Seydinger, so entsetzlich scheußlich kochte, dass er ihre ehrerbietigen Dienste bereits nach wenigen Tagen dankend abgelehnt hatte.
Freilich hätte er die unbescholtene Dame gar nicht erst bemühen brauchen, wenn nämlich seine eigene Haushälterin Hanni nicht gemeint hätte, aus heiterem Himmel oder vielmehr über Nacht mit dem Küster durchbrennen zu müssen! Mit dreiundfünfzig! Hätte sie sich das nicht ein paar Jahre früher überlegen können?! Möglichst ein paar Jahre *vor* seiner Ankunft?!
Ferdinand ertappte sich selbst bei einer Anwandlung von kindischem Zorn, atmete einmal tief durch und gewann wieder die Oberhand.
"Deine Wege sind unergründlich, Herr. Aber du wirst mich nicht wanken sehen! Mein Vertrauen in dich ist ungebrochen! Sicher wirst du mir bald aus meiner Not helfen! *Bitte* ...!"
Und da dieses Stoßgebet aus den Tiefen eines so reinen Herzens emporstieg, wurde der Herr tatsächlich gleich darauf aufmerksam und schickte sich an, es umgehend und still feixend zu erhören.

Wieder schrillte ein Alarm, doch war es mitten in der Nacht und keine Pfanne auf dem Herd.
Etwa schon der Wecker?!

Stöhnend tastete Ferdinand auf dem Nachttisch herum, fand den Lichtschalter und entzifferte nebenbei die Uhrzeit. Halb sechs. Großartig.
Das durchdringende Gebimmel rührte jedoch von seinem Telefon, das direkt neben dem Wecker lag. Ja wer rief denn in aller Herrgottsfrüh' ...?
"Pfarrei Sankt Wendelin ...", nuschelte er schlaftrunken, als er das Gespräch ergeben entgegennahm.
Der Anrufer nannte einen unverständlichen Namen und irgendetwas Wichtiges, möglicherweise etwas mit Bistum und Büro und Order und unverzüglich.
"Was ...? Wie ...?"
"Sie wird im Laufe des Tages bei Ihnen vorstellig. Ihre Referenzen sind tadellos, und Sie können sich wirklich glücklich schätzen, dass wir so kurzfristig jemanden gefunden haben."
"Gefunden? Was?"
"Eine Haushaltshilfe. Sie hatten uns doch über einen kurzfristigen Bedarf informiert!"
Jetzt war Ferdinand hellwach! Doch ehe er lange nachdenken konnte, bei wem er eigentlich einen solchen Bedarf geäußert hatte, gab der ominöse Anrufer noch den Namen der angekündigten Dame durch, was der junge Pfarrer aber leider nicht ganz mitbekam, da er gerade das Telefon hektisch vom einen zum anderen Ohr gewechselt und dabei fast fallengelassen hatte. Er hörte gerade noch einen Abschiedsgruß, dann legte der Gesprächspartner auf.
Egal. Seine Not sollte ein Ende haben!
"Danke, oh Herr!", freute er sich nicht zuletzt über sein unumstößliches Gottvertrauen und ließ sich zurück in die Kissen fallen.

Noch ein Stündchen Schlaf, und dann konnte der neue Tag kommen, der gewiss besser werden würde als die Wochen davor!

Der Sonntag kam und machte seinem Namen alle Ehre.
Bei herrlichem, frühlingshaften Sonnenschein zog es überdurchschnittlich viele Besucher in die kleine Dorfkirche, wo der junge Pfarrer mit Esprit und Charme eine eloquente Predigt hielt, die die meisten jedoch leider gar nicht verstanden.
Egal. Hochwürden war Hochwürden, und 's wird scho' recht g'wesen sein.
Nach dem Gottesdienst stand man noch eine Weile beisammen unter freiem Himmel, der wahrlich von keiner Wolke getrübt wurde.
Ferdinand lehnte dankend mehrere Einladungen zum Mittagessen ab und schielte dabei immer wieder hinüber zu seinem Pfarrhaus, ob nicht die angekündigte Rettung mittlerweile aufgekreuzt sei, aber er wurde enttäuscht.
Es war schon später Nachmittag, und er saß an seinem Schreibtisch und gab der für den Abend vorgesehenen Andacht den letzten Schliff, als er durch das Läuten der Türglocke doch noch überrascht wurde.
Das war sie! Die Haushaltshilfe!
Ferdinand stürzte zur Tür, besann sich kurz vor dem Öffnen eines Besseren, hielt inne und strich sich über

die Soutane, die er heute gar nicht abgelegt hatte. Dann erst öffnete er. Und erstarrte!

"Hi!", flötete das Mädchen mit der pinken Sonnenbrille und den langen, zotteligen Haaren, die bestimmt seit Jahren keinen Kamm mehr gesehen hatten.

"Hi ... ich meine ... äh ...", hatte es ihm die Sprache verschlagen.

"Bist du Ferdinand? Ich bin Lilu, ich soll jetzt bei dir arbeiten."

"Was? Wie?"

"Na, die haben gesagt ich soll jetzt bei dir arbeiten. Du bist doch Ferdinand?"

"Ja, aber ... das muss ein Missverständnis sein! Ich ... ich brauche ... ähm ... jemanden für den Haushalt und so ..."

"Ja, hat mich auch gewundert. Was soll's. Hier bin ich!"

Und sie drückte sich fröhlich an ihm vorbei und hüpfte durch den Flur, zielsicher in Richtung Küche.

Ferdinand schloss die Tür und beeilte sich, ihr zu folgen.

"Wie ... wie war Ihr Name nochmal?"

Lilu stand in der Küche und schaute mit großen Augen über den Rand ihrer kitschigen Brille ehrfürchtig umher.

"Lilu. Lilu Zuckerkuss."

"Und Sie ... äh ... Sie sind die neue Haushaltshilfe?!"

"Ja."

"Und was, wenn ich fragen darf, sind Ihre ... äh ... Referenzen?"

"Was'n das für'n Quatsch? Ich hab ja Vieles, aber sowas bestimmt nicht!"

"Aber man sagte mir ..."
"Ja?", war sie auf einmal ganz aufmerksam und kam auf ihn zu, um sich dann ungeniert mit beiden Händen an seine Schulter zu hängen. Ganz nah war ihr Gesicht dem seinen, und ihr Blick hätte aufreizender nicht sein können.
"Was ...?", hatte er schon den Faden verloren. Mit Mühe zwang er sich, einen klaren Gedanken zu fassen. Sicher lag hier ein Missverständnis vor! Ein solcher Punk wie ... wie *Lilu* war sicher nicht geeignet, ihm den Haushalt zu führen!
"Haben ... haben Sie Erfahrung mit Kochen und Putzen und so ...?", wagte er jeder Vorahnung zum Trotz einen Vorstoß.
"Nö, sollte ich?"
"Ja also ...! *Ja!* Sollten Sie! Hören Sie, sind Sie wirklich die neue Haushaltshilfe? *Oder wer sind Sie*?!" Seine Stimme hatte einen leicht verzweifelten Klang angenommen.
"Ich? Ich bin Lilu."
"Ich weiß. Sie sind aber doch keine Haushälterin!"
"Nein."
"Sondern was?!"
"Ein *Dämon*", verkündete sie nicht ohne Stolz und betrachtete ihren neuen Gebieter mit unverhohlener Neugier.

Die Schrecksekunde verstrich.
Und dann noch eine.

"Ein Dämon ...", wiederholte Ferdinand ungläubig, als er seine Sprache wiedergefunden hatte. Seine Zweifel bezogen sich indes nicht nur auf die Sache an sich, sondern vor allem darauf, dass Lilu ihn offensichtlich veräppeln wollte! "Das ist nicht lustig!", mahnte er verärgert.
"Ich weiß! Es ist manchmal *so* zum Kotzen!", fühlte sie sich gleich von ihm verstanden und strahlte ihn im nächsten Moment glücklich an, "Aber hier gefällt's mir! Wo fang' ich an?"
"Moment! Haben Sie irgendein Schreiben von Ihrem Auftraggeber dabei? Wer ... wer hat Sie überhaupt geschickt?"
"Weiß der Teufel ...! Hat dich denn keiner angerufen? Und kannst du nicht ganz normal mit mir reden?!"
"Bitte ...?!"
"Na dauernd dieses *'Sie'* und *'Ihr'* ... ich meine wo *sind* wir denn hier?!"
"Im Pfarrhaus ...?"
"Na dann passt doch alles!"
"Aber ...!"
"Musst du nicht gleich in die Kirche?"
"Was?" Er schaute unwillkürlich auf die Küchenuhr – schon dreiviertel sechs! "Ach du Scheiße!" Wenn er den Gläubigen noch die Glocken zur Andacht läuten wollte, musste er sich nun wirklich sputen! Woher hatte Lilu das gewusst?! Und warum kicherte sie gerade so verzückt?!
"*Du* kennst ja Ausdrücke!", erklärte sie glucksend.
"Hören Sie, ich muss mich jetzt echt ein bisschen ranhalten ..."

"Na nanana na ...!", sang sie unschuldig und hielt sich dabei beide Ohren zu, "Ich kann dich gar nicht verstehen, wenn du so komisch mit mir redest ... na nanana na ..."
"*Lilu!*"
"Ja, mein Gebieter?", nahm sie die Hände wieder herunter und schaute ihm erwartungsvoll ins Gesicht.
"Ich ... ich gehe jetzt rüber in die Kirche. Muss die Glocken läuten. Das hat ... das hat sonst der Küster erledigt ..."
"Ich weiß."
"Sie können ... du kannst gerne mitkommen, oder hier auf mich warten, bin in anderthalb Stunden wieder da."
"Ich warte lieber. Hast du Kabelfernsehen?"
Seufzend wies Ferdinand den Weg in die gute Stube und erklärte ihr die Fernbedienung. Lilu war begeistert.
"Möchtest du was trinken?", besann er sich endlich auf seine guten Manieren.
"Cola!"
Nun, da hatte sie aber Glück, dass er noch einen halben Kasten herumstehen hatte! Er ging noch einmal in die Küche und holte ihr das gewünschte Getränk.
Lilu lächelte ihm bei seiner Rückkehr dankbar entgegen. Sie war ja wirklich ein hübsches Mädchen. Wenn sie sich nur wenigstens mal kämmen würde!
Gierig trank sie das dargebotene Glas in einem Zug leer und verdrehte dabei genießerisch die Augen.
"Mehr!"
Er füllte nach und stellte ihr die angebrochene Flasche auf den Couchtisch.
Lilu schien sich ganz zuhause zu fühlen und machte es sich auf seiner Couch gemütlich. Tasche abgestellt,

Schuhe aus, Füße hoch, den langen, schmuddeligen Rock über die Beine drapiert ...

"Also dann ... bis später ...", murmelte er und war sich nicht sicher, ob sie ihm zuhörte, wie sie da saß und gebannt auf den Bildschirm starrte.

"Alles klar, bis nachher!", antwortete sie zu seinem großen Erstaunen, ohne jedoch ihren Blick von der Sendung abzuwenden, "Viel Spaß! Und vergiss deine Zettel nicht!"

"Ach so! Ja!" Das hätte er beinahe tatsächlich vergessen! Die Andacht! Ferdinand verschwand eiligst nebenan in seinem kleinen Arbeitszimmer und klaubte seine Notizen vom Schreibtisch. Er würde sie heute mehr denn je benötigen, denn in seinem Kopf drehte sich alles durcheinander.

Nur wenige betagte Besucher hatten sich zur abendlichen Andacht eingefunden. Das war nicht sehr überraschend – schließlich waren die meisten gottesfürchtigen Dorfbewohner bereits am Vormittag zum Hochamt hergekommen.

Ferdinand mühte sich redlich, zusammenhängende Sätze zu formulieren, doch seine Gedanken drifteten ständig ab hinüber ins Pfarrhaus, wo Lilu womöglich gerade Gott weiß was anstellte.

Den greisen Bäuerinnen in ihren einsamen Bänken schien es nichts auszumachen. Sie waren es mithin gewohnt, sich keinen Reim auf die jungen Leute von heute machen zu können; vielleicht bemerkten sie es

aber auch einfach nicht, wie sehr er herumstotterte und Kauderwelsch fabrizierte.
Endlich konnte er nach einem abschließenden Gegrüßet-seist-du-Maria auch die letzte von ihnen am Seitenportal verabschieden. Hastig schloss er die Kirche für die Nacht ab und eilte nach Hause in banger Erwartung aller denkbarer Eventualitäten, und fand Lilu ... schlafend auf der Couch, die Abendschau an und die Colaflasche leer.
"Gottseidank ...", flüsterte er erleichtert.
Sicher war sie sehr müde gewesen, von der Anreise und so ... wenn sie mit soviel Koffein im Bauch trotzdem derart selig schlafen konnte – doch woher kam sie eigentlich angereist? Das musste er sie nachher unbedingt fragen!
Fürs Erste wollte er sie aber lieber nicht wecken. Da er ihr nicht zutraute, ihm beim Vorbereiten des Abendessens eine merkliche Hilfe sein zu können, stellte er sich eben allein in die Küche.
Er war zwar nicht der geschickteste Koch, aber er hatte immerhin seine Studentenzeit ohne größere Einbußen überlebt, und eine Brotzeit richten war ja nun auch kein Hexenwerk. Ein frisches Weißbier machte die Mühe umso erträglicher.
Mitten unterm Tomatenschneiden tauchte Lilu zerzaust im Türrahmen auf.
"Na, ausgeschlafen?", begrüßte er sie eine Spur fröhlicher, als er selbst erwartet hätte.
"Hmmp ...", machte sie nur und gähnte herzhaft, "Was'n für'n Jahr?"
Er grinste und hielt es für einen ihrer Scherze.

Lilu fuhr sich durch die unordentliche Mähne und gähnte noch einmal.
"Hast du Hunger?", fragte er milde gestimmt.
"Oh ja!", nickte sie und schien langsam munter zu werden, "Sag mal, wo schlaf ich eigentlich?"
"Ach so ... das haben wir ja vorhin total vergessen ..."
"*Wir*? *Du* hast das vergessen!"
"Entschuldigung! Ich zeig dir nach dem Essen dein Zimmer, okay? Oder willst du dich jetzt schon ein bisschen frischmachen?"
"Nö, is' schon gut. Was trinkst du da?"
"Echt bayrisches Weißbier. Magst du auch eins?"
Irgendwie nett, einen Gast zum Plaudern zu haben!
Lilu nippte alsbald neugierig an dem goldenen Saft mit der fluffigen Schaumkrone und schien recht angetan davon.
"Deckst du den Tisch? Geschirr ist da drüben im Schrank", lud er sie ein, sich mit ihren Aufgaben vertraut zu machen.
Mit Hilfe einiger Regieanweisungen von seiner Seite fand das Mädchen alle benötigten Requisiten, und bald saßen sie gemeinsam am Küchentisch zu ihrer abendlichen Vesper.
"Oh!", staunte sie über die Leckereien vor ihren Augen und hätte fast schon zugegriffen, aber ein Räuspern ließ sie innehalten.
"Wir wollen erst noch beten, nicht wahr?", mahnte der junge Pfarrer.
"Ja ... klar ... kein Problem!", beeilte sich Lilu zu versichern.

"Herr unser Vater, wir danken dir für die Gaben vor uns. Segne sie und gib, dass alle Menschen auf der Welt ihr tägliches Brot haben, Amen."
"A-Amen ...", versicherte auch Lilu auf seinen tadelnden Blick hin.
"Greif zu!"
Das ließ sie sich nicht zweimal sagen! Sie nahm Brot, Schinken, Käse, und schob sich alles auf einmal am Stück in den Mund.
"Lilu?" Ferdinand war leicht entsetzt.
"Waf?", meinte sie mit vollen Backen.
"Lass ... lass dir Zeit!"
Sie starrte ihn regungslos an. "Ach fo!", bemerkte sie ihren Fehler. Um den Schaden zu begrenzen, kippte sie das halbe Glas Weißbier hinterher. "Besser?", strahlte sie dann, als ihr Mund endlich wieder leer war.
Ferdinand räusperte sich lediglich mild indigniert.
"Wo ... wo kommst du eigentlich her?", bemühte er sich um etwas Konversation, die natürlich auch der Befriedigung seiner Neugier dienen sollte.
"Wie ... woher?", verstand Lilu ganz offensichtlich die Frage nicht.
"Naja, wo ... wo bist du denn geboren?"
"Geboren? Schatz, ich hab dir doch gesagt, dass ich ein Dämon bin – das ... das hab ich dir doch gesagt, oder?"
"Ähm ... ja ... aber nun im Ernst ... wo warst du denn vorher?"
"In New York."
"Ah. Aber du bist nicht von dort."
"Nein."
"Woher dann?"

"Was ... was ist das für 'ne Frage? Aus der finstersten Hölle? Aus heiterem Himmel? Such dir was raus, bleibt sich eh gleich!"
"Okay ..."
Sie schien ausweichen zu wollen. Ein Grund mehr, gleich morgen früh bei seinen Vorgesetzten anzurufen und sich nach der Herkunft des Mädchens zu erkundigen.
"Und wie alt bist du, wenn ich fragen darf?"
"In Menschenjahren?"
"Bitte."
"So um die achttausendpaarzerquetschte ... so genau weiß ich das nicht."
"Lilu, kannst du nicht einen Moment lang ernst bleiben?"
"Ich weiß nicht, was du meinst!", klang sie leicht beleidigt.
"Lass das jetzt bitte mit dem Dämon, ja?"
"Warum? Was ... was hast du denn gegen Dämonen? Wir ... wir sind gar nicht so ... das sind alles ... blöde Vorurteile! Total bescheuert! Du ... du kennst mich doch gar nicht! *Wieso kannst du mich nicht leiden*?!"
Und schon plärrte sie los, laut und unglücklich, und schluchzte tränenreich in ihre Armbeuge.
"Lilu?! Schon gut! Ich ... ich hab ja gar nichts gegen dich ..."
"Nein?", schniefte sie und schaute hoch, "Heißt das du magst mich?"
"Ähm ..."
"Dann kann ich also bei dir bleiben, ja?"
"Was? Ähm ..."

"Ich werd' mich auch benehmen! Schau!" Sie legte eine Scheibe Schinken auf ein neues Stück Brot und führte beides sehr elegant und mit abgespreiztem kleinen Finger und weit aufgerissenen Augen zum Mund.
Das fand Ferdinand seltsam liebenswert, und er musste gegen seinen Willen schmunzeln.

In der Nacht schlief zumindest der junge Pfarrer äußerst unruhig.
Er warf sich von einer auf die andere Seite und schwitzte nicht nur das Kissen durch.
Es mochte an seinem Traum liegen. Ein ... *merkwürdiger* Traum ... Er war wieder Student ... und sollte eine Prüfung ablegen ... doch hatte er alles Gelernte komischerweise vergessen! Und seine Prüfer ... das waren nicht die ehrenwerten Professoren, in deren Seminaren er gesessen hatte! Sie schauten ihn seltsam an ... mit Lilus Augen! *Lilu* schaute ihn an! Kokett, verführerisch, lasziv ...! Sie kam auf ihn zu, setzte sich auf seinen Schoß ... und *schaute ihn an* ... – er wollte weglaufen, aber sie hielt ihn fest!
"Weiche von mir, Dämon!", hörte er sich selbst verzweifelt rufen, aber Lilu lachte bloß, und zu seinem größten Entsetzen sah er, wie unter ihrem Minirock ein Schwanz mit einer Quaste am Ende herausragte!
"*Ah!*" Mit einem Ruck wachte Ferdinand auf und saß aufrecht im Bett. Er keuchte heftig. "Scheiße!", fasste er sich an die Stirn. Mannomann, so einen Albtraum

hatte er schon lange nicht mehr gehabt! Was für ein wirres, angsteinflößendes Zeug! Er zitterte noch immer am ganzen Leib, aber das konnte auch am Schweiß auf seiner Haut liegen. So nass seine Stirn, sein Pyjama und sein Bettzeug jetzt auch sein mochten, so trocken fühlte sich dafür sein Mund an.
Die Wasserflasche auf dem Nachttisch war leer. Na toll. Musste er halt runter in die Küche gehen. Solange konnte er dann ja sein Bett lüften.
Er zog seufzend sein Shirt aus und wischte sich damit über die Stirn. Ab damit in die Wäsche; sollte Lilu sich doch drum kümmern ...
Dann machte er sich auf leisen Sohlen auf den Weg die Treppe hinunter, welche sogleich hinterhältig knarzte und aller Welt von seiner nächtlichen Wanderung erzählte. Doch sonst blieb alles still.
Als sein Durst erst einmal gelöscht war, fühlte er sich schon bedeutend besser. Mit der angebrochenen Flasche in der Hand erklomm er behende die ächzenden Stufen.
Vor Lilus Zimmertür hielt er inne. Sie war nur angelehnt. Seltsam. Wie sie wohl in ihrer ersten Nacht in seinem Haus schlief? Ob es ihr gutging? Ob er mal nach ihr schauen sollte?
Behutsam schob er die Tür soweit auf, dass er ins Zimmer spähen konnte. Im kümmerlichen Schein des Nachtlichts im Flur konnte er erkennen, dass Lilus Bett – leer war! Das Mädchen lag mitsamt Bettzeug auf dem Teppich davor und schlief tief und fest! Was sollte man *davon* halten?!
Um sie nicht zu wecken, zog er die Tür schnell wieder zu und begab sich in sein eigenes Zimmer. Dort lag er

noch lange wach und grübelte über den gestrigen Tag und welch ungewöhnlichen Gast er ihm beschert hatte. In der Früh würde er gleich auf dem Ordinariat anrufen und Erkundigungen über Lilu einziehen.
Und auch wenn er sie irgendwie sympathisch fand, glaubte er nicht, dass er sie langfristig als Haushälterin gebrauchen konnte. Das lag auch ganz bestimmt nicht an ihrer verstörenden Erscheinung in seinem Traum!

"Wie sagten Sie heißt die Dame?", fragte die Sekretärin am anderen Ende der Leitung.
"Lilu. Lilu Zuckerkuss." Gespannt wartete Ferdinand auf die nächste Äußerung der bischöflichen Angestellten.
"Moment, ich schau nach ... ja ... ja ... hier hab'i die Daten – was ist mit ihr? Hat sie sich nicht bei Ihnen vorgestellt?"
"Doch ... doch, hat sie. Ich wollte auch nur ... also ... äh ... sie hatte kein Schreiben und nichts dabei ... ähm ..."
"Ja, das ist jetzt verruckt. Da fehlt bei uns auch das Kürzel des Sachbearbeiters. Mit wem haben's gesprochen?"
"Das ... das weiß ich nicht mehr, das war am Sonntag früh."
"Am *Sonntag*? Ja da schafft hier eigentlich keiner! Wer hat da wohl ... und's Kürzel vergessen ..."
"Können Sie mir sagen, wo sie her ist? Und davor gearbeitet hat?"

"Kleinen Moment, da muss ich kurz – ist ja eine ganz Hübsche, geh'? – oh! Das ist ja komisch!"
"Was denn?"
"Ja, auf der einen Seite ist ein Verweis auf eine andere, und wenn ich da drauf gehe, grad andersrum! Wer hat denn *das* eingegeben? Hören's? Ich glaub' ich kann Ihnen da leider nicht weiterhelfen, da hat einer sei' Arbeit net richtig g'macht, tut mir leid!"
"Aber ... aber sie ist in Ihrer Kartei, ja? Als Haushälterin?"
"Jaja, das stimmt scho', keine Sorge. Alles ordentlich angemeldet, mit Sozialversicherung und Rentenkasse und allem."
"Okay, gut, danke. Es wird schon passen dann ..."
"Freili'! Wenn was sei' sollte, da melden's sich halt noch amoi. Pfüat Ihna!"
"Pfüat ... auf Wiederhören ..."
Nachdenklich rieb sich Ferdinand über das Kinn. Immerhin wusste er nun, dass Lilu dem Ordinariat bekannt war. Also war sie ihm tatsächlich offiziell als Haushälterin vermittelt worden! Gut, dann war es halt so. Der Bischof würde sich schon was gedacht haben dabei!
Gedankenverloren checkte er dann seine Emails und Facebook. Ob Lilu einen Account hatte? Nein, seine Suche ergab keinen Treffer. Und nach lustigen Kätzchenvideos stand ihm gerade nicht der Sinn.
Resigniert wandte er sich seiner Arbeit zu, die derzeit hauptsächlich darin bestand, sich durch die Bücher seines Vorgängers zu quälen, der ein ziemliches Chaos hinterlassen hatte.

Ein leichtes Knurren aus der Magengegend verriet ihm, dass es mittlerweile schon halb zehn sein musste, Zeit fürs zweite Frühstück – äh, Moment, was war denn mit Lilu?! Sie war noch gar nicht aufgetaucht?! Da sollte er doch besser mal nachschauen! Eilig stieg er die Stufen hinauf.
"Lilu? Alles okay bei dir?"
Er lauschte an der Tür und klopfte.
"Lilu? Bist du wach? Kann ich reinkommen?"
Kein Ton. War sie überhaupt da?!
Er fasste sich ein Herz und drückte die Klinke hinunter, immer bereit, die Tür notfalls schnell wieder zuzuziehen ... er wollte das Mädchen ja nicht unbedingt in einem ungünstigen Augenblick überraschen ...
Ein unordentlicher Haufen aus Bettzeug und Lilu lag wie gehabt vor dem Bett und fing an, sich zu bewegen.
"Hmmmmp?", kam ein undefiniertes Brummen aus dem Gewühl.
"Ähm ... guten Morgen! Ist schon halb zehn durch ... äh ... hast du gut ... warum hast du denn *vor dem Bett* geschlafen?!"
"Hmm? Ach du bist's ...! Ja klar hab ich vor dem Bett geschlafen, wo'n sonst?!"
"Also, *im* Bett vielleicht?!"
"*Im* Bett?! Bist du verrückt? Weißt du was da alles *passieren* kann?", kam Leben in ihre Gestalt, während sie wild mit den Armen fuchtelnd den Ausgang aus dem Seersuckersalat suchte.
"Äh, ja ... nein .... wieso passieren?!"
"Ferdinand, Ferdinand, du lebst echt gefährlich wie mir scheint!" Endlich war ihr Kopf unter dem Kissen

aufgetaucht. Lilu richtete sich halb auf und ... *sah ihn an*. Mit diesen ... *Augen* ...
"Ja gut, dann", stammelte er verwirrt, "dann lass ich dich mal allein. Wo das Bad ist, weißt du ja. Kannst gerne duschen! Hast du ... wo ist eigentlich dein Gepäck?"
Sie deutete wortlos auf die große Tasche, welche sie gestern dabeigehabt hatte, und die nun scheinbar unberührt vor dem Schrank auf dem Boden lag.
"Mehr nicht?"
Sie schüttelte den Kopf.
"Ja dann ... Bin unten wenn du was brauchst ..." Unbeholfen wandte er sich zum Gehen.
"Okay ...", strahlte sie ihm hinterher.
War das merkwürdig oder kam es ihm bloß so vor?

Ferdinand leierte sich einen Kaffee aus dem Vollautomaten. Geschenk zur Priesterweihe, von seinen Eltern. Na immerhin.
Das rieselnde Geräusch im Fallrohr, das vom ersten Stock in einer Ecke der Küche des uralten Hauses in Richtung Kanal verlief, verriet ihm, dass oben geduscht wurde.
Der junge Pfarrer fuhr sich durch den Schopf kurzer, dunkler Haare und überlegte, wie es weitergehen sollte. Um halb eins gab es Mittagessen. Vorausgesetzt, jemand kochte es. Wenn Lilu jetzt aber lieber etwas reichhaltiger frühstücken wollte, konnten sie die warme Mahlzeit auch erst am Abend zu sich nehmen. Bis

dahin hatte er vielleicht genügend Zeit, ihr den Haushalt, den Garten und auch das Dorf zu zeigen.
Das Rieseln verebbte.
Im Kühlschrank fanden sich noch ein paar Eier – gut, da herrschte ohnehin nie Mangel, denn in einem eigens dafür abgesteckten Gehege im Garten sorgte fleißiges Federvieh für einen steten Nachschub.
Milch brachte der Gustl dreimal in der Woche vorbei – frisch gezapft, sozusagen direkt ab Euter. War auch noch genug da.
Marmelade? Drei verschiedene Sorten. Und in der Speisekammer ein weiteres Arsenal; da ließen sich die fürsorglichen Bäuerinnen in seiner Gemeinde gewiss nicht lumpen!
Also wenn sie davon nicht satt wurde ...!
Ferdinand war gerade dabei, den restlichen Laib Brot aufzuschneiden, da kam Lilu in die Küche gehüpft – frisch geduscht und blumig duftend, barfuß, mit klatschnassen Haaren – und in *seinen* Bademantel gehüllt!
"Oh ... oben waren auch Handtücher ...", bemerkte er verlegen.
"Ja, hab ich gesehen. Aber der hier ist sooo schön gemütlich!" Sie schmiegte sich in den schwarz-lila gestreiften Frotteemantel.
"Ja, und meiner ...!"
"Heißt das, ich soll ihn gleich wieder ausziehen?" Sie machte Anstalten, genau das zu tun!
"*Nein*! Nein ... schon okay ... häng ihn nur nachher wieder hin ...", erbat er hastig. Himmel hilf! Ein nacktes Mädchen, in seiner Küche ...! Gerade nochmal gutgegangen! "Was magst du trinken?"

"Cola!"
"Zum *Frühstück*?!"
"Nein?" Sie klang verunsichert.
"Einen Kaffee vielleicht? Ist auch Koffein drin ..."
Sie schielte zu seiner Tasse hin und schien trotz gehöriger Entfernung daran zu schnüffeln.
"Okay ...", meinte sie skeptisch.
Fasziniert lauschte sie dann dem schrillen Surren des Mahlwerks und nahm anschließend die Tasse mit dem dampfenden Gebräu voller Ehrfurcht entgegen.
"Milch? Zucker?"
"Ja ...", hauchte sie geistesabwesend.
Ferdinand stellte ihr beides hin, doch Lilu wusste offenbar nichts damit anzufangen. Erst seine vorsichtig angedeuteten Gesten ließen sie zugreifen.
"So viel?", fragte sie vorsichtig, als sie Milch eingoss.
"Wie du magst ..."
"Und das da?"
"Zucker? Weiß nicht, macht jeder so wie er will."
"Wieviel nimmst du?"
"Gar keinen."
"Oh." Sie kämpfte mit sich und entschied dann, dass sie es trotzdem gerne süß haben wollte. Ein, zwei Löffelchen, immer mit einem vergewissernden Blick zu Ferdinand. Der lächelte ihr aufmunternd zu.
"Und? Schmeckt?", fragte er, nachdem sie an der Tasse genippt hatte.
"Ja!", strahlte sie ihn wieder an.
"Hör mal, weil es jetzt schon so spät ist – iss dich jetzt mal richtig satt, okay, und heute Abend kochen wir dann was. Ich würde dir gerne ein bisschen das Haus und die Umgebung zeigen, ja?"

"Ja ...!", schmolz sie dahin.
"Ei zum Brunch?"
"Ja!" Sie entdeckte die geöffnete Schachtel neben dem Herd und eilte flugs hin, um sich ein braunes Oval herauszunehmen. Sie tippte mit dem Finger auf das dünnere Ende – und setzte es sich an den Mund, Kopf in den Nacken!
"Halt! Die sind doch noch roh!", rief Ferdinand schnell und hastete zu Hilfe.
Lilu war in ihrer Bewegung erstarrt und schielte zu ihm hin, das Ei noch immer an den Lippen.
"Ja, was denn sonst?", nuschelte sie verwundert.
"Kochen? Oder braten?!" Lag das nicht auf der Hand?
"Nö, so schmeckt's am besten ...", meinte sie gleichmütig und fing an, das Ei schlürfend auszusaugen!
"Lilu! Das ... das ..." Er führte den Satz nicht zu Ende. Nicht aufregen. Es waren frische, gesunde Eier von glücklichen, urwüchsigen Hennen ... und die Geschmäcker eben verschieden ...
Ergeben machte er sich daran, nun selbst drei Eier aufzuschlagen und den Inhalt ordentlich in einer Schüssel zu verquirlen. Butter und Speck in die Pfanne, Ei hinterher, und diesem Duft konnte sich Lilu ganz und gar nicht entziehen.
Zuguterletzt saß sie mit ihm am Küchentisch und schwelgte in unbekannten Gaumenfreuden, so wie sie genießerisch die Augen schloss und glückselig lächelnd langsam satt wurde.

Lilu war eine durchaus aufmerksame Zuhörerin, während sie Ferdinand vom Dachboden bis zum Keller auf den Fersen folgte und sich alles einzuprägen versuchte, was er ihr über die Haushaltsführung und den Garten zu erzählen hatte.
Dazwischen ließ er auch immer wieder etwas über das Dorfleben und die Einwohner in seine Ausführungen einfließen. Viele waren es ja nicht, ein paar Hundert vielleicht ... ein Wunder dass das Bistum die Gemeinde nicht schon mit einer der umliegenden vereint hatte, um Geld zu sparen ...
Den Garten fand Lilu toll und tanzte gleich unter den Obstbäumen herum. Ihre leider noch immer ungekämmten, honiggoldenen Haar flogen im Sonnenlicht, das einzelne kupferrote Strähnen aufblitzen ließ.
"Hallo Hühner", rief sie den Leghorn-Damen vergnügt zu, "danke fürs Frühstück!"
"Die brauchen zweimal täglich Wasser, und morgens eine Ladung Futter mit Legemehl. Das müsstest du bitte auch machen."
"Au ja!"
"Und dann kriegen sie noch alles Verwertbare aus der Küche ..."
"Lecker!"
"Also die Abfälle ..."
"Ja ist schon klar!" Sie sah ihn freundlich tadelnd an.
"Den Stall mach' ich samstags. Wenn du willst, kannst du mir dabei helfen, du musst aber nicht. Die Wäsche wäre wichtiger."
"Okay."

Nach dem Rundgang verließen sie das Grundstück durch das Gartentürchen. Kirche und Pfarrhaus bildeten mithin den Ortskern des alpenländischen Dorfes. Davor befand sich ein schmucker, kleiner Platz, auf dem sich sicherlich die Kirchweih bestens feiern ließ, umsäumt von malerischen Bauernhäusern, die unter anderem auch eine Wirtschaft, eine Pension mit Fremdenzimmern und eine Bäckerei mit einem angeschlossenen rudimentären Supermarkt, dem einzigen weit und breit, beherbergten.
Genau dorthin lenkte Ferdinand ihre Schritte. Es galt frisches Brot zu kaufen, und den einen oder anderen Gebrauchsgegenstand, und außerdem wollte er seine neue Haushälterin mit den Bäckersleuten bekannt machen.
Lilu zeigte sich von einer unerwartet zurückhaltenden Seite, wünschte brav einen guten Tag und antwortete höflichst - und verzichtete vor allem, darauf hinzuweisen, dass sie ein Dämon sei!
Damit war das Mädchen automatisch dem ganzen Dorf vorgestellt und würde nicht weiter auffallen, wenn sie einen Botengang für ihn erledigte.
Über den Dorfplatz ging es zurück.
Lilu drehte sich tänzelnd um und erblickte das Alpenpanorama.
"Oh ist das schön hier!", schwärmte sie.
Es sah aber auch alles just aus wie auf einer Postkarte – die Berge, die Wiesen, die ausladenden Gebäude mit ihren geschnitzten Balkonen und den liebevoll bepflanzten Blumenkästen, und das alles bei tadellosem Sonnenschein!

"Ja, ist ganz nett. Das Wetter ändert sich nur gern ziemlich abrupt. Ähm ... willst du mal die Kirche sehen?"
"Okay ..." Ihr Interesse war wohl nicht besonders groß. Egal. Wer im Pfarrhaus wohnte, musste die Kirche auch von innen kennen.
Die Tür war über Tag offen und knarzte lediglich ein bisschen, als sie das Gotteshaus betraten.
Ferdinand entging es nicht, dass Lilu einen Bogen um die Schale mit Weihwasser am Eingang machte!
Doch sah sie sich aufmerksam um und bestaunte sogar die Heiligenfiguren rechts und links vom Altar. Den gekreuzigten Jesus dahinter betrachtete sie mit schiefgelegtem Kopf und gerunzelter Stirn.
"Der Arme", war ihr mitleidiger Kommentar.
"Ähm, ja ...", wusste Ferdinand nicht recht, was er darauf entgegnen sollte.
"Und hier arbeitest du?", fragte sie wohl mehr aus Höflichkeit.
"Auch. Aber ein Pfarrer ist ja nicht nur in der Kirche."
"Wo noch?"
"Na, bei den Leuten."
"Warum?"
"Einfach so. Oder wenn sie einen brauchen. Weil sie Sorgen haben oder krank sind."
"Oh!"
"Ja, und auch mal auf dem Friedhof ...", erinnerte er sich mit Bedauern an die Beerdigung der alten Hintermeier Vroni vor vier Wochen.
"Owei!"
"Ist aber okay. Es ... es ist sehr ... schön, wenn man merkt, dass man den Leuten echt hilft. Dass man sie

trösten kann. Dass man sie die Liebe Gottes spüren lassen kann ..."
Lilus Augen richteten sich auf ihn ... große, schöne, verlockende Augen ...
Ferdinand räusperte sich verwirrt, und der Zauber von Lilus Blick fiel von ihm ab.
"Genug ... genug gesehen?", versuchte er, locker zu klingen.
Das Mädchen nickte.
Gemeinsam schritten sie den Gang hinunter und vergaßen nicht, die Kirche beim Verlassen für die Nacht abzuschließen.

Zurück im Pfarrhaus machten sie sich gleich an die Vorbereitungen für das Abendessen. Ferdinand hatte sich – wieder einmal – im Internet schlau gemacht, was man denn so fast ohne Vorkenntnisse gefahrlos kochen könnte, und die wenigen Zutaten, die noch für das Rezept seiner Wahl fehlten, drüben beim Bäcker eingekauft.
Mit dem Laptop auf dem Küchentisch wagte er sich nun unter Lilus wachsamem Auge und ihrer gelegentlichen Assistenz an das waghalsige Unterfangen, nicht nur Spaghetti abzukochen, sondern sogar eine ordentliche Hackfleischsauce à la Bolognese zu komponieren.
Lilu warf ihm bewundernde Blicke zu und schmachtete ihn ganz offenkundig an, wie er da am Herd stand und aus harten Teigstangen wunderbare Pasta zauberte.

Dabei schnippelte sie umständlich Friseesalat und Paprika und nippte genüsslich an ihrer Cola.
Ferdinand bevorzugte ein Weißbier.
Beim Abgießen des Nudelwassers sah ihm Lilu fasziniert über die Schulter – das heiße, dampfende Wasser, das gluckernd in den Abfluss lief, schien gehörigen Eindruck auf sie zu machen!
"Schau nur hin! In Zukunft machst du das!", scherzte er und wusste nicht recht, ob es okay war, wenn sie so dicht bei ihm stand. Fühlte sich auf jeden Fall ganz gut an ...
"Meinst du ...?", fragte sie zweifelnd, als ob sie es sich selbst nicht zutraute.
"Freilich! Du bist doch jetzt die Köchin hier!"
"Ja wenn du meinst ..."
Dann saßen sie zusammen am Küchentisch und ließen es sich nach dem obligatorischen Tischgebet zufrieden schmecken. Lilu war eine viel nettere Gesprächspartnerin als Hanni oder die Traudl, nur wusste sie oft keine Antwort auf seine harmlosen Fragen nach ihrer Familie, ihrem Werdegang oder überhaupt nach ihrer Person. Dafür stellte sie selbst Unmengen an Fragen, und während er sie möglichst alle beantwortete und ihr von seiner Familie – Vater Schreiner, Mutter Hausfrau, Schwester Architektin – und seinem Studium erzählte, wurde ihm klar, dass er noch nicht da angekommen war, wo er hinwollte ... dass er seine eigentliche *Bestimmung* wohl noch gar nicht gefunden hatte! Ja, er war Pfarrer einer kleinen Gemeinde ... man schätzte und brauchte ihn hier ... aber irgendetwas fehlte ... nur wusste er nicht, was es sein mochte ... Doch Lilu lachte gerade über eine amüsante Anekdote aus seiner Schul-

zeit und lenkte ihn damit vollkommen von seinen Gedanken ab.
So verlief der Abend recht unterhaltsam, und bei Weißbier und Cola merkten sie noch nicht einmal, wie schnell die Zeit verging.
"Und warum hast du keine Freundin, die für dich kocht?", fragte Lilu zu später Stunde ganz unschuldig.
"Oh nein! Das ... das kommt gar nicht in Frage! Ich habe Enthaltsamkeit gelobt, und ich lebe im Zölibat ... ich kann nicht Gott lieben *und* eine Frau!"
"Echt jetzt? Wieso nicht?"
"Das ... das ist halt so ...!"
"Ist Kacke!"
"Lilu!"
"Ja aber kuck dich an! Du bist so *schön*! Das ist nicht richtig, dass keine dich haben darf!"
"Ähem ...!", war er um Worte verlegen.
"Dann nehm' *ich* dich solange ..."
"Nein! Das ... das geht ... das schlägst du dir sofort aus dem Kopf!"
"Wieso?! Du bist toll! Ich will dich küssen!"
"*Nein*!"
"Erklär mir *wieso*!", wurde sie langsam ungehalten.
"Das *ist* ... nunmal so! Wir ... entsagen ... aller Begierde ...! Und überhaupt kannst du doch nicht einfach jemanden küssen ...!"
"Ich *will* aber!", forderte sie nun mit Nachdruck und starrte ihn böse an!
"Nein! Nein! Nein!", wusste er auch keine richtige Antwort und bekam es mit der Angst zu tun.

"Aber wieso nicht?! Ich bin extra zu dir gekommen deswegen! Ich bin ein Succubus, und ich will, dass du mich küsst!"

"Nein! Was *soll* das?! *Succubus*?!"

"Hast du noch nie von uns gehört? Das ... das gibt's doch gar nicht! Ich hab's dir doch gesagt – ich bin ein *Dämon*!"

"Lilu! Hör auf damit! Das ist nicht lustig!"

"Das weiß ich selbst, dass das nicht lustig ist!", klagte sie nun, den Tränen nahe, "Ich versteh nicht, warum du mich nicht *küssen* willst!"

"Lilu! *Nein*! Und hör auf mit diesem Dämonenzeugs!"

"Wie soll ich damit aufhören, wenn es das ist, was ich bin!", schrie sie ihn erbost an.

Damit hatte er nicht gerechnet! Aber sei's drum! Er war ein geweihter Priester der katholischen Kirche, und diese Unterhaltung wollte er nicht führen!

"Lilu! Es reicht jetzt!"

"Reicht es *gar nicht*!", fauchte sie böse, und im nächsten Moment krachte ein Donner über dem Haus, und der Strom fiel aus.

Erschrocken hielten sie inne.

"Was war das ...?", flüsterte Ferdinand entgeistert.

"Gewitter", erklärte Lilu.

"Der Strom ist weg ...", kommentierte er das Offensichtliche.

"Hast du 'ne Kerze?", fragte sie pragmatisch, und im nächsten Moment flackerte eine kleine Flamme an ihrer Hand auf.

"Da drüben", wies er den Weg.

Lilu fand die Kerze im Regal und entzündete sie. Zwei kleine Flammen erhellten kurz ihr Gesicht, dann blies sie die eine aus ... die an ihrem Finger!
"Äh ...", bemerkte Ferdinand das Bemerkenswerte.
Lilu starrte ihn erwartungsvoll an.
"Vielleicht nur die Sicherung ...", vermutete er verwirrt.
Sie gab ihm ein ungeduldiges Zeichen, und er setzte sich in Bewegung. Am Sicherungskasten zeigte sich, dass tatsächlich lediglich eine Sicherung ausgefallen war, und mit dem Umlegen des Schalters war dieser Mangel schnell behoben.
Das Licht flackerte wieder auf.
"Tja, das Wetter hier ...", versuchte er unbeholfen eine Erklärung.
Lilu starrte ihn wortlos an.
"Es ... es ist spät ...", meinte er dann, "vielleicht ... vielleicht sollten wir jetzt einfach schlafen gehen ..."
"Ja, mein Gebieter", murmelte Lilu genervt.
"Gute Nacht", erwiderte er versöhnlich, "schlaf gut!"
"Ja, du auch ..."
Schweigend erklommen sie die knarzenden Stiegen ins erste Stockwerk.
Ferdinand spürte sehr wohl, wie Lilu ihm bedauernd hinterherschaute, als er zu seinem Schlafzimmer ging.

Dieser Traum war noch erschreckender als der von letzter Nacht!
Lilu ... sie schaute ihn an ... und kam auf ihn zu ...

"Küss mich!", hauchte sie verführerisch.
Und er tat, was sie wollte! Ihre Lippen berührten sich! Immer heftiger saugten sie aneinander! Welch unbändiges Verlangen ...! In wilder Ekstase verschlungen gaben sie sich einander hemmungslos hin ...!
Doch dann ...!
Der Dämon fing an, tatsächlich an ihm zu saugen! Mit aller Gewalt, so schien es, zog er an seinem Mund, zog und ... sog ... und saugte ihm wahrhaftig die Seele aus dem Leib!
"Ah!"
Wieder erwachte Ferdinand mit einem Ruck und saß aufrecht im Bett, keuchend und über die Maßen verstört!
"Scheiße!", raufte er sich die klatschnass geschwitzten Haare. Sein Herz schlug ihm bis zum Halse! Hatte sich doch wohl Lilus ungewöhnliche Verzehrweise eines Frühstückseis in sein Unterbewusstsein geschlichen! Rohe Eier aussaugen! Seele aussaugen!
Er japste noch immer nach Luft. Wenn das so weiterging, konnte er seine neue Haushaltshilfe unmöglich länger bei sich beschäftigen!
Um sich selbst wieder zu beruhigen, griff er nach der Bibel auf dem Nachttisch und schlug zufällig das Neue Testament auf. Das Evangelium nach Markus, Kapitel fünf ... Die Heilung eines Besessenen – ausgerechnet!
Die Dämonen fürchteten sich vor Jesus und baten darum, aus dem Leib des Unglücklichen in eine Rotte Schweine fahren zu dürfen, und Jesus erlaubte es ihnen.
Seufzend klappte Ferdinand das Heilige Buch wieder zu. Das war jetzt auch keine vernünftige Ablenkung.

Wenigstens das Wetter hatte sich wieder beruhigt, nach dem unvorhergesagten kurzen Gewitter vorhin. Es regnete lediglich sanft.
Jaja, die Berge ... unberechenbar!
Was war das eigentlich gewesen, mit Lilus Finger? Fast hatte man meinen können, an ihrer Fingerspitze habe Feuer gebrannt ...! Sicher hatte er bloß das Feuerzeug nicht gesehen – wo auch immer sie es so schnell hergezaubert hatte.
Lilu ...! Etwas an ihr war ungemein fesselnd; das war es ja, was ihn erschreckte. Und sie war so direkt! Aber das ging doch nicht, dass sie sich irgendwelche Hoffnungen machte, was ihn betraf. Sie war bestimmt einfach noch ein bisschen durcheinander gewesen von der Umstellung – erst New York, und dann hier dieses Kaff im Gebirge ...
Plötzlich sorgte er sich um sie. Ging es ihr gut? Was, wenn auch sie so blödes Zeug träumte?!
Seufzend stand er auf und schlich durch das Dämmerlicht im Flur hinüber zu ihrem Zimmer. An der Tür hielt er kurz inne, um zu hören, ob es etwas ... zu *hören* gab. Tatsächlich! Ein leises Schluchzen! Oje! Sie weinte!
"Lilu? Alles okay? Kann ich reinkommen?", fragte er ohne Umschweife, noch während er klopfte.
"Von mir aus ...", antwortete sie mit weinerlicher Stimme.
Sie hockte vor dem Bett inmitten ihres Bettzeugs und umringt von unzähligen zerknüllten Papiertaschentüchern und schaute ihm mit verquollenen, rotgeweinten Augen elend entgegen.

"Was hast du denn ...?", setzte er sich zu ihr auf den Boden und wusste nicht genau, wie er sie nun trösten solle.
"Ich bin so *unglücklich* ...!", schniefte Lilu.
"Das seh ich! Was ... was kann ich tun?!"
"Du kannst mich nicht leiden!"
"Doch ... doch natürlich! Wer ... wer sagt denn so etwas?!"
"Du!"
"Ich?! Was?! Nein! Ich ... ich mag dich doch!"
"Ja?"
Er nickte bestätigend.
Lilu neigte sich mit dem Oberkörper zu ihm und ließ ihre Stirn auf seine Schulter sinken.
Ferdinand nahm sie verunsichert in die Arme und tätschelte ihr hilflos den Rücken.
"Na, jetzt weine nicht mehr ...", murmelte er.
"Ich hab von dir geträumt", meinte sie unvermittelt, "wir haben uns geküsst!"
"Soso ... äh, naja, nur ein Traum, kann ja passieren ..."
Dass er etwas ganz ähnliches geträumt hatte, verschwieg er lieber.
"Ich fand's schön!" Sie hob den Kopf und lächelte ihn wieder an.
"Ja dann ... dann kannst du ja jetzt bestimmt wieder einschlafen, oder?"
"Ja ...!"
"Gute Nacht, Lilu."
"Gute Nacht, Ferdinand ..."
Sie gähnte und hatte sich schon in ihre Kissen gekuschelt, als er die Tür leise hinter sich zuzog.

Zurück in seinem Bett war es auch ihm etwas leichter ums Herz, und im Einschlafen stellte er gerade noch so fest, dass es aufgehört hatte zu regnen.

In den folgenden Tagen blieb das Wetter unbeständig. Milder Sonnenschein wechselte sich ab mit feinem Frühlingsregen, und man konnte nie so genau sagen, ob man denn jetzt einen Schirm mitnehmen sollte, oder ob sogar eine leichte Jacke schon zu warm war.
Lilu schien es ähnlich zu gehen. Das Thema Küssen und Dämon war wohl vom Tisch, noch ehe Ferdinand ihr noch einmal deswegen ins Gewissen reden konnte.
Sie fing an, sich nützlich zu machen – in der Tat brauchte man ihr nur einmal zeigen, was sie tun sollte, und dann klappte es auch schon halbwegs.
Aber weder war sie so fröhlich wie anfangs, noch so zu Boden betrübt.
Das beunruhigte Ferdinand mehr, als er zuzugeben bereit war. Mehr als seine Träume, in denen sie ihn nach wie vor verfolgte, wenn auch nur mit ihrem sagenhaften Blick und ohne ihm die Seele aus dem Leib zu saugen.
Als er Sonntagabend von der Vesper durch den Regen hinüber ins Haus lief, nahm er sich vor, doch noch einmal mit Lilu zu reden, sie zu fragen, was denn ihr Kummer sei, und ihr zu versichern, dass er sie gerne bei sich hatte.
Doch er fand sie kläglich heulend in der Küche, wo sie sich von Kopf bis Fuß eingepudert in Mehl am Kü-

chentisch mit einem widerspenstigen Pizzateig abmühte. Das Rezept hatte denkbar einfach geklungen, deshalb hatten sie sich ja auch dafür entschieden, aber in der Praxis verlor das Mädchen offenbar den Kampf gegen die Elemente.
Ferdinands Blick wanderte hinüber zum Herd, wo die designierte Tomatensauce hässlich glucksend wie ein Höllensumpf dabei war, unter unnötiger Hitzeeinwirkung zu einem zähen Lavasee einzudicken. Das Kochfeld glich einem Opferaltar der Azteken – über und über mit blutroten Pfützen bedeckt.
"Lilu?", war er zu fassungslos, um geeignete Worte zu finden.
"Ich *kann* das nicht!", heulte sie todunglücklich und ließ das Nudelholz, mit dem sie den Hefeteig hatte bändigen wollen, auf die Tischplatte fallen.
Der Regen prasselte heftiger gegen das Fenster; die Tropfen in Lilus Gesicht zogen feine Spuren im Mehl auf ihren Wangen.
"Ist nicht so schlimm ...", fand der Pfarrer seine Sprache wieder und schaltete den Herd aus.
"Aber du wolltest doch Pizza essen, buhuhuh!", klagte sie.
Ferdinand riss ein Blatt von der Küchenrolle und reichte es ihr. "Schnäuz' dich mal."
Lilu folgte gehorsam und trompetete wenig damenhaft in den Küchenkrepp. Danach war ihr Gesicht noch verwüsteter.
"Du siehst zum Fürchten aus! Weißt du was", schlug er einen beruhigenden Tonfall an, "du gehst jetzt nach oben und duschst und *kämmst* dich, und wenn du wieder runterkommst, hab ich schon alles wieder

saubergemacht und wir kucken, ob wir zusammen noch was retten können vom Essen, ja?"
Lilu nickte beschämt und schlich davon.
Als er das Wasser im Fallrohr rieseln hörte, machte er sich an die Arbeit. Die Sauce war noch zu gebrauchen, immerhin, aber das Auge kochte mit, und dieses Schlachtfeld wollte er nicht länger ansehen. Flugs reinigte er den Herd und auch den Küchentisch, fegte das Mehl auf dem Küchenboden zusammen und ging ans Werk. Teufel, war das ein blöder Teig! Er ließ sich nur mit Mühe auf dem Backblech ausrollen, kein Wunder dass Lilu daran verzweifelt war!
Ferdinand beschwerte ihn kurzerhand in einer Ecke mit dem Sack Mehl und zog und zerrte den Rest einigermaßen in Form. Darauf dann die Tomatensauce, Schinken, Pilze, Oliven, Käse, und ab damit in den Ofen!
Draußen hatte es sich wohl ausgeregnet, und auch von ihm fiel nun die Anspannung ab.
Er war gerade mit Wegräumen und Sauberwischen fertig, als Lilu zurückkam. Wieder trug sie seinen Bademantel, und auf dem Kopf einen Turban aus Frotteehandtuch.
"Na, fühlst du dich besser?", begrüßte er sie mit einem aufmunternden Lächeln und ignorierte ihre unrechtmäßige Inbesitznahme seiner Klamotten.
"Ja", klang sie wirklich besänftigt.
"Essen ist gleich fertig. War wirklich schwer, das mit dem Teig. Magst auch ein Weißbier?"
Sie nickte und fasste nach dem Turban, der zu verrutschen drohte.

"Hast dich auch gekämmt?", fragte er beim Eingießen des Getränks.
"Ja."
"Echt? Zeig mal."
Sie schüttelte den Kopf. "Lieber nicht."
"Wieso nicht? Lilu gekämmt, das hab ich noch nie gesehen!" Er ließ es scherzhaft klingen.
"Nein, sonst schimpfst du wieder ..."
"Schimpfen?! Ja wieso sollte ich ...? Wenn du endlich mal ordentlich frisiert bist!"
Sie schaute ihn prüfend an. "Nein, das willst du nicht sehen."
Jetzt war er aber neugierig geworden! "Komm schon! So schlimm kann es gar nicht sein, hübsch wie du bist!"
Da hellte ihr Gesicht merklich auf. "Findest du?"
"Aber ja!"
"Also gut ... aber du darfst nicht schimpfen!"
Sie löste den Knoten auf ihrem Haupt und zog das Handtuch herunter.
Hervor kam ein Schwall langer, glatter, noch immer nasser goldener Haare! Umwerfend!
"Wow!", lobte Ferdinand auch gleich, "Ich weiß gar nicht, was du hast!"
"Noch nicht", prophezeite Lilu und sortierte ihre Haarsträhnen.
Doch erst, als sie sich zu ihm an den Tisch setzte, erkannte er, was sie meinte.
Auf ihrem Kopf, rechts und links vom Scheitel, ragten zwei ungewöhnliche, kleine dunkle Zacken in die Höhe.

Irgendein Haarschmuck? Klämmerchen, Haarreif...?
Ferdinand kannte sich mit so etwas nicht wirklich aus.
Also sah er genauer hin – und erstarrte, als er die Gebilde erkannte! Es waren ... Hörner!
"*Lilu*?! Was ... was ...?", deutete er bestürzt darauf.
"Was? Die Hörner? Das ist so bei Dämonen."
"*Lilu* ...!"
"Ferdinand! Du hast versprochen nicht zu schimpfen!"
Er schluckte. Warum machte sie das? Immer wieder diese Geschichte ... und jetzt auch noch ... *Hörner*!
"Zieh ... zieh die bitte wieder aus ...!", versuchte er, vernünftig und ruhig zu klingen.
"Das geht nicht. Die sind angewachsen."
"Aber ... aber ... die ganze Zeit hattest du die nicht!"
"Doch! Hast sie bloß nicht gesehen. *Du* wolltest ja unbedingt, dass ich mir die Haare kämme!"
Das stimmte – die unordentlichen Zottel hatten wohl die spitzen Auswüchse auf Lilus Kopf überdeckt.
Der Küchenwecker rasselte – die Pizza war fertig. Ohne seinen Blick von Lilu abzuwenden, machte Ferdinand sich daran, das Abendessen aus dem Ofen zu holen.
"Au!", verbrannte er sich glatt an dem glühend heißen Blech.
Lilu eilte sofort zu ihm und nahm seine Hand.
"Zeig mal." Im nächsten Moment küsste sie die verbrannte Stelle an seinem kleinen Finger, die augenblicklich aufhörte zu schmerzen.
Es war nicht ganz klar, wer hier wessen Hand hielt und nicht mehr losließ, jedenfalls standen die Beiden sich nun ganz dicht gegenüber und starrten sich an.

Ferdinand, der Lilu um ein gutes Stück überragte, hatte somit Gelegenheit, die Hörner näher zu inspizieren. Soweit Lilus Haarpracht es zuließ, konnte er deutlich sehen, dass sie in der Tat aus ihrem Kopf herauswuchsen! Richtige, echte Hörner, die dort ... *irgendwie* ... nichts zu suchen hatten!

"Warum ... warum hast du Hörner?", stammelte er unbeholfen.

"Das haben wir alle."

"Wer ... *wir*?"

"Wir Dämonen."

"Lilu!"

"Warum *glaubst* du mir nicht?!"

"Es *gibt* keine Dämonen!"

"Sagt wer?! Der katholische Priester der du bist? Der an Gott glaubt, ohne ihn je gesehen zu haben? Der mich nicht küssen will, weil er meint, jenes *ominöse* himmlische Wesen könnte was dagegen haben, und dabei übersieht, dass es genau dieses Gottesdings war, das mich zu ihm geschickt hat? *Der* also will mir sagen, dass es *mich* nicht gibt?!"

Sie hatte wohl wieder zu ihrem ursprünglichen Temperament zurückgefunden, was durchaus zu begrüßen war, doch fehlte ihren Worten jede Spur von naiver Albernheit.

"Lilu ...", murmelte er und wusste selbst nicht, ob er nun beeindruckt, überzeugt oder gar starr vor Angst war.

"Ferdinand ...", flüsterte sie und ließ ihn versinken in ihren wunderschönen, großen Augen, die immer näher kamen, weil er sich nämlich geradewegs zu diesem engelhaften Gesicht hinunter beugte und unaufhaltsam

mit seinem Mund ihre Lippen suchte ... und fand ... und küsste!
Sie schmeckte so süß! Und sie hieß ihn so bereitwillig willkommen! Mit ihren Armen um seinen Hals hielt sie ihn fest und kostete den Moment genauso hingebungsvoll aus wie er selbst.
Oh Gott, tat das gut!
Mit einem Schlag wurde Ferdinand bewusst, was gerade geschah! Entsetzt entriss er sich ihrer Umklammerung und starrte sie an.
"Lilu! Das ... das ...!"
"Das war schön ...", hauchte sie verträumt.
"Es ... es tut mir leid! Bitte entschuldige, ich ... ich hab wohl ... die ... die Beherrschung verloren!"
"Ja ... *schön* ..."
"Es ... es wird nicht wieder vorkommen ...!"
"Nein?" Nun öffnete sie doch die Augen, die sie zuvor genießerisch geschlossen hatte, und schaute ihn mit über Jahrtausende gereifter Nachsicht an.
"Du bist ... bist du wirklich ein *Dämon*?" Er konnte nicht glauben, dass er das eben tatsächlich fragte.
"Ja", bestätigte sie sanft.
"Muss ... muss ich jetzt irgendwie ... Angst haben?"
"Nein."
"Aber bist du dann nicht ... irgendwie ... *böse*?"
"Gut ... böse ... das ist manchmal nur Ansichtssache. Wie warm und kalt, links und rechts ..."
"Ah ...! Na dann ..." Sicher war das wieder einer seiner skurrilen Träume und passierte gar nicht in Wirklichkeit.
"Ferdinand?"
"Hm?"

"Ich hab Hunger."
"Was? Wie?" Ein Bann schien von ihm abzufallen, und er kehrte in die Realität zurück. Die Pizza war fertig! Verlegen hangelte er nach dem Pizzaroller und fuhr damit in kraftvollen Zügen über das Blech.
Wenig später saßen sie schweigend und doch einander seltsam unterhaltend bei Pizza und Weißbier am Tisch und ließen es sich schmecken.

Ferdinand hätte nicht zu sagen vermocht, ob er in der Nacht wieder so seltsame Dinge geträumt hatte. Da war etwas mit Hörnern und einem Kuss, aber er konnte sich nicht entsinnen, in der Nacht schweißgebadet aufgewacht zu sein.
Wohlig erholt registrierte er die Sonnenstrahlen, die der ungetrübte Morgen in sein Zimmer warf.
Schon so spät! Oje, da musste er sich ja nun etwas ranhalten! Hastig zog er sich an und gönnte sich im Bad nur eine Katzenwäsche.
"Lilu?"
Sie antwortete nicht. Die Tür zu ihrem Zimmer stand einen Spalt weit offen; da war sie auch nicht.
Er fand sie im Garten, wo sie die frischgewaschene Wäsche auf die Leine hängte – unter anderem ihren Rock, den sie bislang jeden Tag getragen hatte. Stattdessen war sie in eines seiner Hemden gewickelt, das ihr natürlich viel zu groß war. Ihre schlanken Beine ragten ab den Knien darunter hervor und waren wirk-

lich nett anzuschauen – schnell wandte er seinen Blick davon ab!
"Hi", begrüßte sie ihn strahlend.
"Hi ... guten Morgen ... schon so fleißig ...?", erwiderte er verlegen.
"Ja."
"Neue ... neue Frisur?", deutete er auf den luftigen Schal, den sie sich wie ein Haarband in ihr langes, goldenes Haar geknotet hatte.
"Gefällt es dir? So sieht man die Hörner nicht."
Jäh entglitten ihm die Gesichtszüge! Hatte er das gar nicht geträumt?!
"Lilu ... du hast ... also da sind wirklich ... wirklich ..."
"Hörner? Ja."
Er starrte sie an.
Lilu kümmerte sich nicht weiter darum. Sie hangelte nach dem nächsten Wäschestück, um es an die Leine zu knüpfen. Dabei drehte sie sich leicht zur Seite, und weil sie sich ziemlich strecken musste, rutschte der Hemdsaum noch ein wenig höher, und da sah Ferdinand ihn – den langen, dünnen Schwanz, der in einem sanften Bogen unter dem Hemd hervorkam und in einer goldenen Quaste endete!
"*Hah!*", entfuhr ihm ein entsetzter Ausruf.
"Was?", fragte sie besorgt.
"*Da ... da ...*", stammelte er, unfähig das Unglaubliche in Worte zu fassen, und zeigte mit schreckgeweiteten Augen hilflos auf die Verlängerung ihres Rückens.
Lilu drehte ihren Kopf so, dass sie seinem Blick folgen konnte, und betrachtete ihren eigenen Schwanz, der nun kurz hin und her peitschte. "Ach so, das. Hast du den noch nicht gesehen?"

"N-nein! Wann denn?!"
"Letztens. In deinem Traum."
"Was? Warum in meinem Traum?!"
"Als ich den kurzen Rock anhatte."
"Das ... das war doch nur ein *Traum*! Was ... wieso ... woher ...?"
"Ich war *dabei*?", schaute sie ihn mild vorwurfsvoll an, als läge das doch wohl auf der Hand.
"Aber ... aber ... das kann nicht sein!"
"Wieso nicht? Im Traum ist alles möglich!"
"Aber ... aber nicht, dass du im selben Traum bist ..."
"Freilich geht das! Ich bin ein Succubus!", begehrte sie auf.
Der Garten drehte sich um Ferdinand! Hier konnte er nicht bleiben! Ihm wurde schwarz vor Augen, und jeden Moment konnte er in Ohnmacht fallen. In Panik floh er vor dem Dämon und stürzte zurück in die Küche.
Im Eckschrank fand er die halbvolle, schmucklose Flasche mit Gustls Obstbrand; den brauchte er jetzt! Schnapsgläser standen gleich daneben. Einen, zwei, noch einen schnell hinuntergekippt, und noch immer sah er Lilu mit dem Dämonenschwanz vor seinem geistigen Auge!
"Ferdinand? Geht's dir gut?", kam ihre besorgte Stimme von der Terrassentür.
"Was? Wie?", fuhr er herum und krallte sich an die Ablage hinter seinem Rücken. Er starrte das Mädchen angsterfüllt an und begriff allmählich, dass er tatsächlich einen Dämon vor sich stehen hatte.
"Schnaps? Am frühen Morgen?", staunte Lilu und kam bedachtsam auf ihn zu. "Krieg ich auch einen?"

Ganz dicht stand sie neben ihm und goss sich in aller Seelenruhe ein Gläschen ein, und seins befüllte sie auch gleich.
"Wohlsein!", drückte sie es ihm fröhlich in die Hand und stieß mit ihm an.
Er stand da, starr vor Angst, und sah zu, wie sie den Obstler gekonnt in einem Zug hinunterstürzte. Im Zeitlupentempo folgte er ihrem Beispiel, ohne den Blick von ihr abzuwenden. Sie strahlte ihn hocherfreut an.
"Du ... du bist ein Dämon ...", sagte er mehr zu sich selbst, um zu hören, wie glaubwürdig das wohl klang.
"Endlich hast du's verstanden", antwortete sie zufrieden.
Wie im Traum hob er seine Hand, um ihr den Schal aus dem Haar zu ziehen. Darunter kamen, wie nicht anders befürchtet, ihre kurzen Hörner zum Vorschein.
"Du bist ... *tatsächlich* ... ein Dämon!", wiederholte er und konnte es dennoch nicht fassen.
"Und *du* bist mein Gebieter!", verkündete sie und schien vor lauter Glück tanzen zu wollen.

Der Tag war somit gelaufen, ehe er überhaupt richtig angefangen hatte.
Ferdinand lag stöhnend mit einem Eisbeutel auf der Stirn auf der Couch im Wohnzimmer.
Fünf Schnäpse – er hatte noch einmal nachgeschenkt – auf nüchternen Magen, das hatte ihn einfach umgehau-

en. Nach Essen war ihm nun erst recht nicht mehr, und er fühlte sich so richtig elend.
Lilu umsorgte ihn einfühlsam. Sie hatte ihm, als er das Bewusstsein wiedererlangt hatte, nach seinen widersprüchlichen Anweisungen einen Tee gekocht. Kamille mit Honig. Den verabreichte sie ihm nun löffelweise und mit Hingabe, als er genügend abgekühlt war.
"Soll ich dir nicht doch ein Ei machen?", fragte sie den Pfarrer mitleidig.
"*Nein*!", erinnerte er sich mit Grausen sowohl an ihre Vorliebe für rohe Eier als auch an seinen verstörenden Traum, "Nein, danke ... hab ... hab gar keinen Hunger! Vielleicht ... ruhe ich mich einfach nur ein bisschen aus ..."
"Darf ich bei dir bleiben?"
Er war viel zu entkräftet, um dagegen zu halten, und nickte ergeben.
Lilu hockte sich ihm zu Füßen ebenso auf die Couch und breitete die kuschelige Wohndecke, die dort immer bereit lag, über seine und ihre Beine. Endlich war ihr Schwanz außer Sichtweite!
"Stört's dich wenn ich Fernsehen kucke?"
"Hm-hm", verneinte er matt, "mach's nicht so laut ..."
Die belanglosen Stimmen aus dem Kasten verfehlten ihre beruhigende Wirkung nicht, und bereits kurze Zeit später war er eingedöst.
Er verschlief den Mittag und den Nachmittag und wachte nur mehrmals kurz zwischendurch auf, einmal weil er merkte, wie Lilu ihm die Füße sanft massierte, während sie offensichtlich gebannt einer Kochsendung folgte, ein anderes Mal, weil erst das Telefon klingelte

und dann jemand an der Haustür läutete, und noch einmal, weil Lilu nicht da war.
"Hmpf!", fasste Ferdinand sich an den Kopf und richtete sich auf. "Ohhh!", jammerte er und verzog das Gesicht, "Lilu?"
Ein Scheppern ertönte aus der Küche. Gut, sie war da. Vorsichtig prüfte Ferdinand, ob er aufstehen konnte, und nachdem der Boden nicht allzu sehr unter seinen Füßen schwankte, wagte er den Gang hinüber, wo seine Haushälterin wohl gerade sehr beschäftigt war.
Er fand sie hochkonzentriert am Küchentisch sitzend, eine Karotte in der einen und ein Küchenmesser in der anderen Hand. Ein Haufen unterschiedlich dicker orangefarbener Taler auf einem Schneidbrett vor ihr kündete davon, dass es nicht die erste Karotte war, die sie zerlegte.
"Was machst du da?", sprach er Lilu verwundert an.
"Ich koch' dir eine Hühnersuppe!", erwiderte sie stolz und ließ sich nicht in ihrer Arbeit unterbrechen.
"Hast du – hast du etwa ... eins von ... unseren Hühnern ...?"
"Oh nein! Die Traudl war vorhin da. Sie hat angerufen, weil du nicht vorbeigekommen bist, und da hab ich ihr gesagt, dass du krank bist. Und da hat sie ein Huhn vorbeigebracht und gesagt, ich soll dir eine Suppe davon kochen."
Unwillkürlich fiel Ferdinands Blick auf Lilus Beine. Gottseidank! Sie hatte den langen Rock wieder angezogen! Nicht auszudenken, wenn die Traudl den Schwanz gesehen hätte!
Ein großer Topf stand auf dem Herd, und darin brodelte es gar gewaltig. Ferdinand lüftete kurz den Deckel,

der vorhin wohl für das laute Scheppern verantwortlich gewesen sein mochte. Ein nacktes, kopfloses Suppenhuhn garte in der siedenden Brühe seiner Bestimmung entgegen.
"Hast *du* das gerupft?", fragte er interessiert.
"Nein, das war schon so. Und ausgenommen. Hat die Traudl gemacht. Und sie hat gesagt, dass wir unsere Hühner auch mal langsam schlachten müssten, wenn sie noch nach was schmecken sollen."
"Ähm ... ja ... demnächst ...", versuchte er, nicht daran zu denken. "Und woher weißt du, wie das geht mit der Suppe?"
"Och, hab da letztens was im Fernsehen gesehen ...", meinte Lilu unbekümmert. "Geht's dir wieder besser?"
Er brummte bloß. Nie wieder Schnaps!
Lilu hatte ihre Schnipselei beendet und stand auf, um die Karottenscheiben zum Huhn in den Topf zu geben. Im Vorbeigehen streifte ihr Schwanz trotz züchtiger Bedeckung Ferdinands Bein, und ein kalter Schauer jagte ihm über den Rücken.
"Noch einen Tee?"
Er nickte, und Lilu setzte Wasser auf. Erstaunlich, wie sie sich nach gerade mal einer Woche in seiner Küche zurechtfand!
"Dann mach ich mal 'ne ganze Kanne, okay?"
Wieder nickte er und musste sich gleich hinsetzen, weil ihm von der Bewegung schwindlig wurde.
"Die Traudl hat gefragt, ob du anrufen kannst wenn's dir wieder besser geht", informierte ihn der dienstbeflissene Dämon und reichte schon das Telefon herüber.
Ferdinand schluckte. War alles ein bisschen viel gewesen heute. Zu realisieren, wer da in sein Haus

eingezogen war, und nun so nett bemuttert zu werden von eben jenem Wesen ... und jetzt wurde Lilu auch noch als Sekretärin tätig! Dabei hatte er den Termin mit dem Seydinger Alfons überhaupt nur wegen ihr versäumt! Grundlos hatte er bestimmt keinen Schnaps zum Frühstück genossen!

Der Alfons ging gleich ans Telefon, und sie machten einen neuen Termin aus. Es ging um die Renovierung der Kirche und die Finanzen der Gemeinde, die ein wenig im Dunkeln lagen nach Jahrzehnten der stümperhaften Buchführung. Vielleicht morgen Abend im Nebenzimmer des Wirtshauses? Da fand auch der Rest vom Gemeinderat Platz.

Mit den besten Genesungswünschen für Hochwürden und dessen Dank für das Suppenhuhn endete das Telefonat.

Inzwischen war auch der Tee fertig.

"Hast du so ein Dingsbums für unter die Kanne? Zum Warmhalten?", fragte Lilu ganz hausfraulich.

"Ein Stövchen? Kuck mal da im Schrank ...", antwortete Ferdinand noch immer recht matt.

Sie fand das gesuchte Objekt sogleich; es war sogar noch mit einem Teelicht ausgestattet.

"Feuerzeug müsste auch da sein", hob der Pfarrer schwach den Arm, um in die entsprechende Richtung zu weisen.

"Geht schon", meinte Lilu bloß, und im nächsten Moment brannte an ihrer Fingerspitze erneut eine kleine Flamme, mit der sie behende die kleine Kerze entzündete.

"Lilu!", riss Ferdinand entsetzt die Augen auf.

"Was?!"

"Das ... da ... dein *Finger*!"
Lilu schaute auf ihren Zeigefinger und pustete ihn aus. "Da passiert nix", versicherte sie zuversichtlich. "Wieder mit Honig?", goss sie unbekümmert zwei Tassen voll.
Ihr Gebieter nickte langsam und schicksalsergeben. Honig war gut. Auch wenn ihm gerade fast schon wieder nach einem Obstler zumute war ...

Lilus Hühnersuppe hatte ungemein gutgetan.
Drei Teller hatte Ferdinand gefuttert und die Köchin gelobt.
Lilu hatte gestrahlt vor Glück und Stolz, und in seinem Bauch hatte sich eine wohlige Wärme ausgebreitet.
Nun kniete der junge Pfarrer vor seinem Bett und war ins Zwiegespräch mit seinem Herrgott vertieft. Es verlief recht einseitig.
Sonst, wenn er betete, meinte er, ganz tief in seinem Herzen Antworten zu hören. Antworten auf seine Fragen und Gedanken, die unmöglich von ihm selbst stammen konnten. Heute schaffte er es irgendwie nicht, die dazu erforderliche Ruhe aufzubringen.
"Ein Dämon! Herr, was hast du dir dabei gedacht?"
Schweigen.
"Ich kann es auch eigentlich gar nicht glauben! Aber was ich da alles gesehen habe! Ist das ... ist das wieder eine Prüfung? Bist du ... denn nicht ... zufrieden mit mir?"
Schweigen.

"Mach' ich was falsch?"
Ein verneinendes Gefühl, aber das konnte auch Einbildung sein.
"Und hat sie Recht? Ich meine ... ich glaube an dich und hab' dich nie gesehen und weiß doch, dass es dich gibt, und da sehe ich ... direkt vor meinen Augen ... also einen Dämon, und kann es doch nicht glauben ..."
Schweigen.
"Und ... ist sie nun böse? Ein ... Teufel?"
Wieder das verneinende Gefühl im Innersten, aber er durfte sich da nichts vormachen, es mochte auch ganz einfach sein eigenes Wunschdenken sein! Oder vom Teufel höchstselbst dort eingepflanzt!
Gab es den überhaupt? Und wenn ja – warum sollte dann Lilu nicht in der Tat ein Dämon sein?
"Ach Vater, ich bin so verwirrt! Wenn ich nur wüsste, was du vorhast!"
Eine Woge der Zuversicht schwappte über ihn. Nanu? Ach so! Die Wege des Herrn waren unergründlich! Wie oft hatte Ferdinand schon ratlos vor einer Sache gestanden, die sich im Nachhinein als absolut richtig erwiesen hatte!
"Aber sie führt mich in Versuchung! Hätte ... hätte es nicht ein ... ein etwas weniger hübscher ... ich meine verlockender Dämon sein können?"
Gelächter! Also das war jetzt aber wirklich Einbildung!
Seufzend gab Ferdinand auf. Er brachte heute wohl kein vernünftiges Gebet zustande. Demütig bat er um Verzeihung deswegen und befahl sich der Gnade des Allmächtigen.

Mitten in der Nacht wachte Ferdinand auf. Er war nicht allein! Dicht an ihn geschmiegt und den Arm um ihn gelegt lag unter seiner Decke – Lilu! Und küsste ihn verträumt aufs Ohr!
"Lilu! Was ... was machst du hier?"
"Mit dir kuscheln."
"Das ... das geht nicht!"
"Im Traum geht alles."
"Ist das ... ist das ..."
"Ein Traum. Natürlich, was denkst denn du?!"
Verstört richtete er sich auf und bemühte sich, sie durch die Dunkelheit anzuschauen.
"Lilu ... ich bin ... Priester!"
"Ich weiß."
"Ich darf das nicht."
"Auch nicht im Traum?"
"Auch nicht im ... – weiß ich nicht! Vermutlich nicht! Geh weg!"
"Ich will nicht. Allein ist es so langweilig!"
"Trotzdem. Es ist *mein* Traum. Träum was Eigenes!"
"Tu ich doch! Ich träume grad, dass ich bei dir im Bett liege!"
"Wie denn *das*?" Dieser Dialog musste wahrhaft ein Traum sein!
"Ich bin ein *Succubus*, wie oft denn noch?"
"Oh ... Lilu! Und überhaupt – ich dachte du liegst nicht gern in Betten?"
"Ist doch nur ein Traum! Und außerdem bist ja *du* bei mir, was soll da schon passieren?"
Diese Logik! Ganz sicher ein Traum!

Sie zog ihn zu sich, und er war zu müde um sich zu wehren.
"Ich tu doch gar nichts Böses, Ferdinand. Ich will nur bei dir sein. Bitte!"
Es ließ sich nicht von der Hand weisen, dass ihre Gegenwart recht angenehm war. Sie kraulte seinen Nacken und seufzte zufrieden. Keine Avancen sexueller Natur.
"Also gut. Ausnahmsweise. Aber lass mich ja in Ruhe!"
"Versprochen!", strahlte sie begeistert und drückte ihm ganz im Widerspruch zu dieser Aussage einen dicken Schmatz auf den Mund. Dann schmiegte sie sich wieder an ihn und gab sich den Anschein, selig einzuschlummern.
Ferdinand lag da, wach wie ihm schien und dennoch gewiss, zu träumen, und hielt das Mädchen – pardon, den Dämon – im Arm. Ihr Atem strich über die Haut an seinem Hals. Ihr ganzer Körper strahlte eine wohltuende Wärme aus. Es tat ja so gut, die Nähe eines menschlichen ... naja, zumindest eines *Wesens* zu spüren! Nicht mehr allein zu sein! Er drückte sie unwillkürlich etwas fester an sich und ließ sofort wieder locker, als sie genussvoll brummte.
Ach ja ... das alles geschah nicht wirklich! In Echt war er allein in seinem Zimmer, und dennoch war ihm wohl ums Herz, als er so mit Lilu verbunden endlich weiterschlief.

Gutgelaunt starteten die Bewohner des Pfarrhauses in den nächsten Tag.

Die Anwesenheit des Dämons äußerte sich nicht etwa darin, dass sich ein Höllenschlund auftat und den Pfarrer zu verschlingen drohte. Es gab lediglich einen Höllenlärm, als Ferdinand Lilu erklärte, was ein Staubsauger war und wie man ihn bediente.

Ehrfürchtig übernahm das Mädchen das tosende Ungetüm und schwang das Rohr mit der wuchtigen Düse über alle Fußböden des Hauses. Es schien ihr gehörig Spaß zu machen!

Ferdinand schaute eine Weile amüsiert zu und kümmerte sich dann um seine eigene Arbeit, seltsam gelassen was die Existenz von Dämonen allgemein und speziell in seinem Haushalt betraf.

Vielleicht lag die gute Laune der Beiden auch am strahlenden Sonnenschein.

Mittags löffelten sie zufrieden die Reste der Suppe, dann hieß es für Hochwürden, Hausbesuche zu machen. Lilu bekam einen Einkaufszettel und das nötige Geld und den Rest des Tages frei.

Beim Abendessen erzählte sie aufgeregt von ihren Erlebnissen beim Einkaufen und ihren anschließenden Wanderungen durch die Umgebung des idyllischen kleinen Dorfes. Und da ihren Worten nicht zu entnehmen war, dass jemand etwas an ihr auszusetzen gehabt hätte, hörte Ferdinand entspannt schmunzelnd zu.

Schweren Herzens musste er sie zu gegebener Stunde unterbrechen, denn er wollte nun wirklich nicht den Gemeinderat im Wirtshaus warten lassen.

"Kann ich mitkommen?", flehte Lilu mit großen Augen.
"Nein ... tut mir leid ... es ist ... wir müssen bloß was besprechen. Total langweilig." Er wusste ganz gut, was sie hasste ...
"Aber ich war da noch nie!"
"Ein anderes Mal ..."
"Ja? Gehst du mal mit mir da hin?"
"Das ... irgendwann bestimmt. Nur halt nicht heute. Es ... es wird auch nicht spät ..." Wenn man sich bemuttern ließ wie daheim, musste man auch schon mal geradestehen wie daheim ...
"Okay", seufzte sie ergeben, "dann viel Spaß ..."
"Tschüss! Bis später!" Fast hätte er ihr einen Kuss zum Abschied gegeben.
Sie lächelte ihm wissend hinterher. "Tschüss, Ferdinand ..."
Im Goldenen Adler wies man ihm sogleich den Weg ins Nebenzimmer, wo die alten Herren bereits versammelt waren, die meisten wohl einfache, aber rechtschaffene Bauersleut', die ihn erwartungsvoll begrüßten.
Sie kamen schon bald zur Sache – die Finanzen, die Renovierung, und nebenbei so dies und jenes aus dem Dorfalltag.
"Hat sich das Madl jetzt eingelebt?", fragte Gustl gerade und meinte offensichtlich Lilu, der er wohl beim Milchausliefern begegnet war.
"Och ja, glaub' schon ...", murmelte Ferdinand verlegen.
"Man hat sie gar nicht gesehen beim Kirchgang den Sonntag ...", merkte ein anderer an.

"Ja ... ähm ...", druckste Hochwürden herum.
"War wohl unpässlich ...!", war der Konsens.
Schallendes Gelächter.
"Ja, geht's fei net in'd Kirch'?!", wollte wieder ein anderer wissen.
Die weißbierselige Runde lachte belustigt.
"Doch doch ...", beeilte sich Ferdinand zu versichern.
"Die Traudl fragt an, ob's Huhn auch guat abgekocht worden ist?"
"Ja, alles ... bestens!"
"Die hätten's uns derweil ruhig mal vorstell'n könna!"
"Ja ... äh ..."
"Soll's doch nüba komm', oder was sagt's ihr?"
So ward es denn einhellig beschlossen, dass der Herr Pfarrer umgehend seine neue Haushälterin per Handy einbestellen solle zwecks offizieller Vorstellung dem Gemeinderat gegenüber.
Ferdinand hoffte inbrünstig, dass sie bereits schlief und das Telefon gar nicht klingeln hörte, doch den Gefallen tat ihm der Dämon nicht.
"Ja, mein Gebieter?", hauchte Lilu ins Telefon, als sie den Hörer abnahm.
Der Pfarrer schluckte und lud sie ein, doch ins Wirtshaus zu kommen und sich den Herren zu präsentieren.
"Echt jetzt?!", konnte sie ihr Glück kaum fassen, "Ich darf wirklich ...? Oh danke, Ferdinand! Du bist ... so ein *Schatz*!"
Eine Viertelstunde später stand sie da, den Blick keusch gen Boden geneigt und die Hände verschämt ineinander verschränkt, und gab schüchtern Auskunft.
Der Gemeinderat zeigte sich zufrieden und angetan von der jungen Dame, und die Runde begann sich

aufzulösen. Die Bauern mussten morgen früh beizeiten aufstehen!
"Trink aus, Lilu, wir gehen jetzt auch", deutete Ferdinand fürsorglich auf das fast leere Glas Cola.
Lilu zutzelte gehorsam den Rest durch den Strohhalm.
"Pfüat Ihna, Herr Pfarrer! Frollein Lilu!", verabschiedeten sich die Ratsmitglieder.
Ferdinand hielt dem Mädchen zuvorkommend die Tür auf, was sie mit einem seligen Lächeln quittierte, und sie begaben sich in Richtung Ausgang.
"Ah! Hochwürden! Kommen's daher! Auf ein Glaserl!", ertönte es von einem der Tische.
"Sehr freundlich, vielen Dank. Beim nächsten Mal sicher", antwortete Ferdinand angespannt und bugsierte seine Begleiterin nach draußen.
"Wer war das?", fragte Lilu konsterniert. Sie wäre gerne noch geblieben.
"Der Huber Toni."
"Warum wolltest du nicht hingehen?"
"Das verstehst du nicht ..."
"Darum frag ich dich ja!"
"Das ... das ist kompliziert ..."
"Erklär's mir."
"Also gut", gab Ferdinand auf, während sie den Platz vor der Kirche überquerten. "Der Huber Toni ist der Schwiegersohn der Hintermeier Vroni, die letztens gestorben ist."
"Oh, wie traurig."
"Naja, so traurig ist er wohl nicht. Hat ihren Forst geerbt."
"Ach! Na dann ...!"

"Der ist auch nicht von hier, kommt von woanders her, hat halt die Tochter geheiratet. Und deren Bruder macht er jetzt wohl Druck, kaum dass die Vroni unter der Erde ist."
"Wie? *Druck*?"
"Er will wohl den Hof auch noch haben, und die Äcker und Weiden."
"Ja, geht's denn noch?!", empörte sich der Dämon.
"So ist's nunmal."
"Aber die kriegt er nicht!"
"Naja ... es heißt der Hintermeier habe Geldsorgen. Die Frau ist sehr krank, weißt du ... ist nicht schön, was da grad passiert."
"Kannst du ihnen nicht helfen?!"
"Ach Lilu ... ich kann ihnen beistehen ... aber *helfen*?! Dazu braucht's a bisserl mehr ..."
Lilu schaute ihn von der Seite an, mit einer Mischung aus Stolz und Zuversicht. Aber sie ließ es unkommentiert.
So gingen sie denn schweigend zu Bett, ein jeder für sich, selbstredend, und beide sehr nachdenklich.
Ferdinand betete noch eine Weile, tief in Gedanken versunken, bevor er das Licht ausmachte. Er war jedoch kaum eingeschlafen, da erhielt er Besuch von seinem Dämon. Er erschrak natürlich entsprechend; er war es noch immer nicht so gewohnt, Lilu auf diese Art in seinen Träumen zu begegnen. Dabei schmiegte sie sich bloß an ihn und tat ansonsten nichts Unzüchtiges.
"Du, Ferdinand?"
"Hm?"
"Ist der Huber Toni ein frommer Mensch?"

"Hm? Weiß nicht. War wohl gut befreundet mit dem letzten Pfarrer ..."
"Ah. Wusstest du, dass die Vroni ihren Besitz der Kirche vermachen wollte?"
"Hm? Was ...?"
"Ja. Die Kinder sollten ein Nutzrecht behalten, aber ansonsten wollte die Vroni, dass alles der Kirche gehört, auch wenn ihr Mann das vor seinem Tod mal anders geregelt hatte. Sie wollte nicht, dass es Streit gibt unter ihnen."
"Dann hätte sie ein Testament machen müssen, wo das alles drinsteht."
"Hat sie doch. Der Pfarrer war dabei und könnte es bezeugen."
"Wenn er nicht selber letztes Jahr gestorben wäre ..."
"Und wenn er nicht selber dem Toni das Testament gegeben hätte, damit der es verbrennt!"
"*Was*?!" Ferdinand fuhr hoch und war hellwach. "Lilu?!" Doch der Dämon war gar nicht in seinem Zimmer. Na klar. Nur im Traum ... "Lilu!" Nun hielt ihn nichts mehr – er fiel fast aus dem Bett, so eilig hatte er es, hinüber zu ihr zu gelangen.
"Kannst du nicht klopfen?!", maulte Lilu verschlafen, als er atemlos vor ihrem Betthaufen stand.
"Lilu, bitte! Was weißt du darüber?"
"Über den Toni?"
"Ja!"
"Komm her ..." Sie patschte einladend auf das Kissen. Ferdinand folgte aufgekratzt und legte sich seitwärts neben sie.
"Der Pfarrer hat eine schöne Summe Geld dafür gekriegt."

"Warum? Und ... woher willst du das wissen?"
"Hab mich eben ein bisschen umgeschaut beim Toni."
"Wann?!"
"Vorhin?"
"Wie ...?"
"Wie wir Dämonen das halt so machen?"
"Ach so ..."
"So ein Arschloch, oder?"
"Wer?"
"Das fragst du noch? Der *Pfarrer*!"
"Ja. Da hast du recht."
"Und der Toni auch. Ist voll fies zu seiner Frau und zu seinem Schwager."
"Ja. Kein guter Mensch."
"Soll ich ihn *heimsuchen*?", fragte sie böse lächelnd.
"Nein! *Nein*! Lilu! Nein ... das ... das wäre ... genauso wenig gut!"
"Schade."
"Lilu?"
"Hm?"
"Ach ... nichts ..." Sein Blick ruhte traurig auf ihr.
"Ach Ferdinand! Nimm's dir nicht so zu Herzen! Jetzt haben die Leute ja dich, und jetzt wird alles gut!", nahm sie ihn tröstend in die Arme.
Er war viel zu müde und erschüttert, als dass er hätte protestieren können.
Lilu breitete ihre Decke über ihn und kraulte ihm den Nacken. Da sie es aber unterließ, ihn zu küssen oder zu sonstigen verbotenen Handlungen zu verführen, entspannte er sich nach einer Weile und schlief ein, ehe er den Rückweg in sein eigenes Bett antreten konnte.

"Hmmm", brummte Ferdinand gelöst, als er langsam aus dem Reich der Träume zurück in die Realität des morgendlichen, lichtdurchfluteten Schlafzimmers fand. Die Augen so lange wie möglich geschlossen haltend, genoss er die wohlige Wärme der Kissen und Decken und Lilus Arme um seinen Hals und ihre Lippen auf seinem Mund.
"Hmm", seufzte auch sie und presste ihren Körper noch fester an seinen.
WACH! Starr vor Schreck riss Ferdinand die Augen auf – die einzige Bewegung, zu der er im Moment fähig war – und erfasste damit das ganze Ausmaß seiner möglichen Entgleisung!
Auch Lilus Augen öffneten sich zaghaft zu voller Größe und suchten in seinem Gesicht einen Ruheplatz.
"Upps ...", murmelte sie schuldbewusst.
Hastig begaben sie sich auf einen etwas weniger intimen Abstand; sie waren wohl beide ziemlich überrascht von dieser Situation.
"Tschuldigung. Hab gar nicht gemerkt dass wir nicht träumen ...", murmelte das Mädchen.
"Lilu ...! Das ... das ist *egal*! Das ... das *geht* nicht! Nicht im Traum und schon gar nicht in Echt! Wenn ... wenn du so weiter machst, kannst du nicht hierbleiben!", stammelte der junge Pfarrer verwirrt und entsetzt.
"Ja, wer ist denn zu *mir* gekommen?! Wer hat sich denn zu *mir* gelegt, hm? Kannst grad froh sein, dass wir nicht *im Bett* gelandet sind!", konterte Lilu entrüs-

tet und ließ offen, was sie unter "im Bett landen" verstand.
"Aber ... ich hatte ganz bestimmt nicht die Absicht, dich ... die Absicht ... also ... oh Mann!" Er war völlig durcheinander. Ja, er hatte sich selbst in diese unangenehme Lage gebracht ... nein, *unangenehm* war das falsche Wort, denn es war in der Tat ungemein *angenehm*, Lilu so nah bei sich zu spüren! Das war ja genau das Problem! "Du hättest mich aber nicht küssen dürfen!"
"Wer hat denn *angefangen*?!"
"Ich nicht! ... hab ich etwa ...?!"
"Ja, mein Schatz."
"Das ... das ... dann musst du ... musst du ... mich davon abhalten! Irgendwie!"
"*Wie* denn?! Ich bin ein *Succubus*! Ich *mag* das!"
"Ja ... ja, du hast recht ...", fand er allmählich zur Besonnenheit zurück, "ich ... *ich* muss aufpassen, tut mir leid ..."
Nachdem dies somit geklärt war, gab es nun wirklich keinen Grund mehr, länger liegen zu bleiben, und mit beschämten Mienen standen sie auf, um in den Tag zu starten.
Nach dem Frühstück floh Ferdinand hinüber in die Kirche. Er hatte das Gefühl, nur dort die nötige Ruhe für ein klärendes Gebet mit dem Allmächtigen zu finden, und vor allem Sicherheit vor dem Dämon in seinem Haus.
Der Herr war gnädig und sandte ihm ein deutliches Empfinden allumfassender Vergebung.
Danach blieb der Pfarrer noch lange in der leeren Bank sitzen und dachte nach.

Was der Dämon ihm erzählt hatte war unglaublich. Dass der verstorbene Pfarrer für Geld ein Testament unterschlagen hatte! *Judas*! Dass der unsympathische Schwiegersohn der alten Vroni so verdorben war!
Nur kurz wunderte sich Ferdinand, dass er Lilus Behauptungen so bereitwillig Glauben schenkte. Doch das Gebaren des gierigen Erben und was man sonst so über ihn hörte stützte ihre Geschichte. Indes – warum hatte Gott *ihm*, dem jungen, unerfahrenen und offensichtlich noch recht anfälligen Pfarrer, ausgerechnet einen *Dämon* ins Haus geschickt, um ihm von dieser Ungeheuerlichkeit zu erzählen? Ach so ... vielleicht genau deswegen ... – und was sollte er jetzt mit diesem Wissen anstellen?!
Er starrte noch eine Weile auf den gekreuzigten Christus vor ihm, als wäre von dort eine Antwort zu erwarten. Aber Ferdinand war nicht Don Camillo, und er musste sich damit begnügen, dass das Kruzifix ihn durch das bloße Betrachten soweit erdete, dass er wieder eins wurde mit sich selbst und seiner Berufung zum gottgeweihten Priester.
Seufzend erhob er sich und verließ die Kirche, nicht ohne sich am Ausgang mit dem dafür bereitgestellten Weihwasser zu bekreuzigen.
Noch bevor er die Haustür seines Pfarrhauses öffnete, hörte er schon den ohrenbetörenden Lärm aus der Küche.
Lautstarke Popmusik, und mit Putzlappen und -eimer bewehrt, sein Hausdämon bei der Arbeit!
"Like a virgin!", krähte Lilu fröhlich den Hit von - hüstel – Madonna mit und schwang das Tuch über ihrem Kopf.

"Lilu!"
"Touched for the very *first* time!"
"Mach das leiser!"
"Like a vi-i-i-irgin ...", tänzelte sie um ihn herum.
"*Leiser*!"
"When your heart beats – next to mine!", schnappte sie sich seine Arme und wiegte auch ihn zur Musik.
Dabei gelangte er in ausreichende Nähe zur hochmodernen Küchenstereoanlage, die ihm seine mitfühlende Schwester geschenkt hatte, und drehte den Lautstärkeregler auf ein erträgliches Maß herunter.
Das beeindruckte Lilu wenig. Sie führte seine Hand an ihr Gesicht, um sich im Bann der Musik daran zu schmiegen, und ehe er sie ihr entziehen konnte, bedeckte sie seine Finger mit heißen Küssen und fing schließlich an, aufreizend an seinem Zeigefinger zu nuckeln!
"Lilu!"
"Hmmmm ..."
Aber er hatte dazugelernt!
"Lilu! Ich ... ich sollte dir vielleicht sagen, dass ich meine Hand gerade eben noch in Weihwasser getaucht habe!"
"*BAH*!", stieß sie sich sofort angewidert von ihm ab und spuckte künstlich herum, "Kannst du dir nicht die *Hände* waschen?"
Er grinste zufrieden. So ging das also, Dämonen zähmen!
Der in seiner Küche jedenfalls starrte ihn beleidigt an.
Derweil sang Madonna unbeirrt weiter - *I'll be yours 'til the end of time, 'cause you made me feel, yeah you made me feel I've nothing to hide ...*

Und weil sie beide recht gut Englisch verstanden, betrachteten sie einander plötzlich in einem ganz anderen Licht. *Lilu gehörte für immer ihm, Ferdinand, weil sie vor ihm ihr Wesen nicht verbergen musste ...*
"Tut mir leid, Lilu ...", murmelte er reumütig. Er hatte sie ja nicht verletzen wollen.
"Hm hm ...", akzeptierte sie genauso schuldbewusst seine Entschuldigung und wandte sich verlegen ihrer Arbeit zu.
"Lilu, alles okay?"
"You made me feel shiny and new ...", zitierte sie mit einem leicht vorwurfsvollen Unterton noch einmal den Song, der nun gottlob zu Ende war.
"Didn't know how lost I was until I found you ...", entgegnete Ferdinand gleichermaßen bewandert in der Lyrik der Popmusik der Achtzigerjahre.
Lilu warf ihm einen sehnsüchtigen Blick zu und lächelte im nächsten Moment glücklich.
"Ehrlich?"
"Naja ... irgendeinen Grund muss es ja haben, dass du zu mir gekommen bist ..."
Doch da fing schon der nächste Song an, ausgerechnet das skandalträchtige "Like a Prayer", und mit einem entschiedenen Tastendruck beendete Ferdinand das Konzert, das ihm seine hinterhältige Schwester in böswilliger Absicht auf der Festplatte der Stereoanlage hinterlassen hatte.

Den restlichen Hausputz erledigte Lilu mit seinem iPod und Ohrstöpseln. Das tat sie sogar richtig gern, und das Bad blitzte hinterher vor Sauberkeit!
Ferdinand saß derweil am Schreibtisch und bereitete die Sonntagsmesse vor. Jedoch drifteten seine Gedanken ständig ab zu Lilu, die zwar ab und zu etwas Lärm bei der Arbeit machte, ihn aber ansonsten nicht weiter durch laute Popmusik belästigte.
Hatte er wirklich akzeptiert, dass sie ein *Dämon* war? Ein ... *Succubus* ... – Succubus Zuckerkuss ...
Da er ohnehin gerade im Internet unterwegs war, gab er den Begriff einfach in die Suchmaschine ein.
Naja. Gar nicht so viele Treffer. Etliche Bilder von fantasievoll kostümierten, erotischen Frauen ... pseudowissenschaftliche Ergüsse von Kids, die gerne in Spielewelten abtauchten und keinen großen Wert auf Fakten oder wenigstens historische Bezüge legten ... ein bisschen was auf Wikipedia, doch nur im Zusammenhang mit Incubus ...
Aber immerhin! Succubus, die Darunterliegende, von lateinisch succumbere, ein weiblicher Dämon, bemächtigte sich schlafender Männer in Albträumen und führte sexuelle Handlungen an ihnen durch mit dem Ziel des Samenraubes! Der Incubus war das männliche Gegenstück, der Darauffliegende also, der schlafende Frauen in ganz ähnlichen Träumen heimsuchte und dabei den geraubten Samen zum Einsatz brachte!
Pfui!
Doch so hatten sich die Menschen seit der Antike das eine oder andere seltsame Phänomen erklärt – sexuelle Träume, die sicher für Männer mit einem unangeneh-

men Erwachen nach erfolgter Pollution einhergingen, Frauen mit unehelichen Kindern und merkwürdigen Ausreden dafür ...
Heutzutage berief man sich lieber auf "Entführung durch Außerirdische!" – darüber würden kommende Generationen bestimmt auch milde lächelnd den Kopf schütteln.
Aber Lilu ... Lilu gab es wirklich. Sie kochte und putzte für den Herrn Pfarrer und stahl sich ansonsten gern in seine Träume, um ihm die seltsamsten Begebenheiten zu erzählen. Und um ihn möglichst zu allerlei Verbotenem zu verführen!
Samenraub! So weit würde er es ganz sicher nicht kommen lassen!
Und wie sollte er jetzt an seiner Predigt weiterfeilen?! Mit solchen Ideen im Kopf?!
Das Läuten des Telefons ließ ihn zusammenzucken. Er räusperte sich und nahm ab.
"Pfarrei Sankt Wendelin?"
"Hallo Ferdi! Ich bin's!"
"Hallo, Nadine ...", begrüßte er sein Schwesterherz ergeben.
"Na, was macht die Liebe?"
"Was sie immer macht ..." Ständig zog sie ihn damit auf, dass er sein Leben Christus geweiht hatte.
"Du, bist du am Sonntag da?"
"Nein, Nadine, ich hatte vor, eine Kreuzfahrt durch die Karibik zu machen ...", wehrte er sich gekonnt.
"Super", ignorierte sie seinen Sarkasmus, "dann komm ich mit Val vorbei. Der hat jetzt 'ne Harley, ist das nicht geil?"
"Total geil."

"Freust du dich gar nicht, dein Schwesterchen zu sehen?!"
"Doch, klar ... wann wollt ihr da sein?"
"So um eins, halb zwei? Wollen wir essen gehen? Dann musst du nicht kochen!", kicherte sie schelmisch.
Keine schlechte Idee ... aber kochen musste er ja gar nicht mehr selbst, seit Lilu sich für das Thema begeisterte und die Gerichte aus den Kochsendungen, die sie im Fernsehen anschaute, mehr oder weniger treffend nachkochte.
Lilu! Oh! Was Nadine wohl zu ihr sagen würde?!
"Ich hab 'ne Haushälterin, die für mich kocht", wagte er einen Vorstoß.
"Echt? Ist Hanni wieder da?"
"Nein, eine neue. Wir können aber trotzdem auswärts essen." Lieber auf Nummer Sicher gehen.
"Fein! Und wie is' sie so?"
"Ganz okay ... Wirst sie ja dann kennenlernen ..."
"Sieht sie wenigstens gut aus?"
"Nadine! Das tut sie in der Tat, aber es war keine Voraussetzung für den Job!"
"Olala! Eine gutaussehende Hauhälterin?! Fällst du dann jetzt vom Glauben ab?" Sie wusste wie sie ihn necken konnte.
"Nein. Du hast gefragt, ich hab geantwortet. Das ist alles."
"Wie heißt sie denn?"
"Lilu."
"Ist das 'ne Abkürzung? Für ... was weiß ich ... Lina-Luise?"
"Weiß ich nicht. Ist mir auch egal."

"Oh, da ist ein Kunde auf der anderen Leitung, ich muss auflegen, sorry! Wir sehen uns ja dann am Sonntag! Ich freu mich! Ciao, hab dich lieb!"
Klick. Aufgelegt.
"Ich dich auch ...", murmelte Ferdinand ins Nichts.
Sein Schwesterherz Nadine. Die erfolgreiche Nachwuchsarchitektin. Immer in Hektik. Immer derb fröhlich. Wie hielt der ruhige, bodenständige Valentin das nur mit ihr aus?

In der Nacht wurde der Pfarrer aufs Neue von seinem Dämon heimgesucht.
"*Lilu!*", hob er zu schimpfen an, weil sie sich schon wieder unter seine Decke gestohlen hatte.
"Psst! Nicht so laut, sonst wachst du auf", zischelte sie.
"Dann ... wäre ich dich aber los!"
"Ich mach doch gar nix!"
"Doch, du machst da grad eine Gewohnheit draus!"
"Dann ... beachte mich doch einfach nicht. Ich lieg nur da ... kannst ruhig weiterschlafen ..."
"Schon mal was von *Privatsphäre* gehört?!"
"Ja, kann sein. Wieso?"
"Ohhh – Lilu, ich bin *müde*!"
"Dann schlaf gut", drückte sie ihm einen Schmatz auf den Mund und strahlte ihn an.
"Lass bloß deine Finger bei dir!", mahnte er resigniert.
"Na klar!"
"*Succubus ...!*"
"Ja?"

"Ich meine bloß ... ich hab im Internet gekuckt was du für eine bist."
"Und?!", war sie nun ganz aufgeregt und neugierig.
"*Samenraub*! Lilu! Was *soll* das?!"
"Weiß ich nicht. Schlechte PR wenn du mich fragst."
"Heißt das ein Succubus macht das etwa nicht? Warum glauben die Leute das dann aber seit zig Tausend Jahren?"
"Ferdinand! Was *soll* ich mit dem Zeug?! Ich kann davon noch nicht mal schwanger werden! Mach mich nicht verantwortlich für die Heucheleien unredlicher Männer!"
"*Lilu*!", starrte er sie fassungslos an und begriff, dass seine Dämonin nicht an den Sünden der Menschheit schuld war.
"Ferdinand ...", hauchte sie und wickelte ihre Arme um ihn, "ich will nur bei dir sein, ja? Bitte?"
Er war machtlos. Ihre Berührung, fiktiv wie sie sein mochte, tat so ungemein gut, schien so ... *richtig* und wunderbar. Er war ja so einsam gewesen! Hatte es selbst nie verstehen können, warum er sich trotz der Erfüllung seines Herzenswunsches, nämlich Pfarrer zu sein, oft traurig und leer fühlte. Mit Lilu in seinen Träumen war das Gefühl wie weggefegt; an seiner Stelle breitete sich eine dankbare Zufriedenheit und Wärme aus. Und solange sie nicht auch noch in der Realität in sein Bett kam, bildete er sich ein, mit dieser Gemütsgrundlage seiner Gemeinde ein viel besserer Seelsorger sein zu können.
So wachte Ferdinand denn früh am Morgen frisch und unbekümmert auf und gönnte sich eine ausgiebige Dusche. Das Radio dudelte dabei fröhlich vor sich hin,

und hinter dem geblümelten Duschvorhang der alten Emaillebadewanne entstand bald ein regelrechtes Dampfbad nach römischem Vorbild.
Entspannt summend drehte der Pfarrer das Wasser nach Beendigung seiner Wellnesswäsche wieder ab und hangelte nach seinem Handtuch. Er wappnete sich für den zu erwartenden leichten Klimaschock, wenn er die aufgestaute Wärme durch Beiseiteziehen des Vorhangs in den Raum entlassen würde.
Doch mit Lilu mit überkreuzten Beinen und interessiert geweiteten Augen auf der Waschmaschine ihm unmittelbar gegenüber hockend hatte er wahrlich nicht rechnen können!
Ein Reflex ließ ihn zumindest das Handtuch schützend vor sich halten.
"*Lilu*!"
"Guten Morgen!", strahlte sie ihn an.
"Ich *dusche* gerade!"
"Du bist doch fertig?"
"Ja, und jetzt würde ich mich gerne abtrocknen!"
"Ja dann mach doch ..."
"*Allein*!"
"Aber du bist so *schön*!"
"Das ... das ... – Lilu, ich habe ja wohl ein Recht auf Privatsphäre!"
"Das Wort hab ich letztens schon mal wo gehört ..."
"Ganz genau! Weil du ständig ..."
"Ja?"
"Ach, vergiss es ...", gab er seufzend auf, "und lass mich bitte wenigstens jetzt allein, damit ich mich in Ruhe anziehen kann."

"Okay ...", lenkte sie widerstrebend ein und rutschte von der Waschmaschine, "brauchst du deinen Bademantel?"
"Bitte ...", ließ er sich das gute Stück von ihr reichen.
Der Dämon warf ihm beim Hinausgehen einen schmachtenden Blick zu; danach erst wagte es Ferdinand, aus der Badewanne zu steigen.
Er musste dringend nach dem Schlüssel für die Badezimmertür suchen!

"Post für dich!", tanzte Lilu mit einer Handvoll Briefe in sein Arbeitszimmer.
"Oh, danke ...", ließ er sich gerne von seiner Arbeit ablenken.
Er hatte stundenlang über den Büchern seines Vorgängers gesessen und dessen Abrechnungen überprüft. Was für ein Chaos! Jedoch ... langsam keimte ein leiser Verdacht in ihm auf ... was, wenn all diese merkwürdigen Ungereimtheiten nicht auf Schlendrian oder gar Unvermögen zurückzuführen waren, sondern auf unredliche Absicht? Als hätte jemand versucht, bestimmte Transaktionen zu verschleiern ...?! Dann wäre da sogar ein gewisses Muster zu erkennen ... allein, der Beweis dafür, dass der Huber Toni dem Pfarrer einen Judaslohn gezahlt hatte, ließ sich nicht erbringen.
Lilu knickste vergnügt und kehrte in die Küche zurück.
Ferdinand öffnete einen Brief nach dem anderen. Rechnungen, Rundschreiben, das Übliche. Und ein

Brief vom Bistum. Personalabteilung genauer gesagt. Man habe festgestellt, dass seine Haushälterin noch keine Bankverbindung angegeben hatte. Damit man ihr das Gehalt rechtzeitig überweisen könne, solle sie das bitte umgehend nachholen und umseitiges Formular ausgefüllt und unterschrieben zurückschicken.
Ferdinand runzelte die Stirn. Wie um alles in der Welt sollte sich denn ein Dämon ein Konto zulegen?! Aber irgendetwas in der Richtung mussten sie unternehmen. Am besten mal die Bank fragen. Es traf sich ganz gut, denn er hatte ohnehin vorgehabt, die Kollekte der vergangenen Sonntage einzuzahlen. Warum also nicht gleich heute?
Lilu war, wie nicht anders zu erwarten, restlos begeistert von der Aussicht, über Land in die nächste Stadt zu fahren. Ehrfürchtig bewunderte sie Ferdinands alten BMW Kombi, als sie sich direkt nach dem Mittagessen auf den Weg machten.
Es war ein gutes Stück bis zu ihrem Ziel, aber die Fahrt durch die malerische Kulisse der Berge und Wälder und Wiesen und Dörfer entschädigte sie bei bestem Sonnenschein für den Zeitaufwand.
In der Kleinstadt herrschte rege Betriebsamkeit; sie fanden dennoch einen guten Parkplatz ganz in der Nähe des Zentrums.
Lilu bestaunte die vielen Geschäfte und das Warenangebot darin.
"Na, ist aber kein Vergleich zu New York, oder?", meinte Ferdinand belustigt.
"Nein, echt nicht!", bestätigte Lilu, doch es klang ganz so, als fände sie das hier viel besser.

An einem Schaufenster eines Ladens für Trachtenmode konnte sie sich nicht sattsehen.
"Kuck mal!", zeigte sie auf die Mannequins mit Dirndl und Flechtfrisur.
"Ja, das trägt man hier", nickte der Pfarrer, "komm weiter, da vorne ist die Bank."
Sie kamen an einen großen, blumengesäumten Platz vor einer Kirche – ganz so wie im Dorf daheim, nur größer und mondäner.
"Bethanienplatz", las Lilu mit großen Augen, "Bethanien! Da war ich schon mal!"
Das glaubte Ferdinand dem Dämon nur zu gern, aber er verspürte ein leichtes Frösteln dabei.
"Mit Lazarus hattest du aber nichts zu tun?", wagte er dennoch einen kleinen Scherz und bezog sich auf eine Bibelstelle im Johannesevangelium.
"Nö, aber eine irre Sache, findest du nicht?"
"Was?"
"Na, wie Jesus ihn aus dem Reich der Toten zurückgeholt hat!" Was denn sonst?!
"Ja", murmelte er beeindruckt, "genau das ..."
Sie erreichten die Bank und fanden nach dem Einzahlen der Spenden auf das Konto der Pfarrei auch gleich einen Sachbearbeiter, der sich um Lilus Anliegen kümmern konnte.
"Bitte nehmen Sie Platz", wies er höflich auf die beiden Stühle vor seinem Schreibtisch und setzte sich selbst an seinen PC, um die Kontoeröffnung in die Wege zu leiten. "Dann bräuchte ich den Nachweis vom Einwohnermeldeamt, bitte."
"Oh!", erschrak Ferdinand. Hatten sie doch glatt vergessen, Lilu dort anzumelden!

"Geht auch ein Ausweis?", fragte sie aber schon.
"Ja natürlich. Ist das noch die alte Adresse?", nahm der junge Mann den Personalausweis der Bundesrepublik Deutschland entgegen.
"Nein, das wurde schon umgetragen."
"Wunderbar, dann kann's ja losgehen."
Ferdinand saß sprachlos daneben. Wie ging denn *das*? Wer hatte denn ...? Oh Lilu! Ein einziges Rätsel!
Der Drucker spie den gewünschten Vertrag in doppelter Ausfertigung für sie aus. Eine Unterschrift noch hier, eine andere da, und fertig. Die EC-Karte würde in den nächsten Tagen mit der Post kommen, die PIN dazu in einem gesonderten Schreiben.
So kam der Dämon also zu seinem Konto – wie jeder andere Bürger auch!
"Kann ich noch ein bisschen kucken?", bettelte Lilu, als sie wieder auf der Straße waren.
"Okay", hatte Ferdinand auch nichts dagegen.
Sie wanderten einmal um den Platz herum und standen schließlich vor einem Bekleidungsgeschäft für preiswerte, aber hübsche Mode.
"Brauchst du was?", kam es ihm in den Sinn, denn Lilu trug fast ausschließlich ihren einen langen Rock ... wenn sie nicht gerade seine Sachen usurpierte.
"Weiß nicht ... hab noch kein Geld ..."
"Ich kann's dir vorstrecken." Ferdinand wunderte sich über sich selbst – ein Pfarrer, der eine hübsche, junge Frau zum Klamottenkaufen überreden musste?
Aber er fand die Antwort sogleich – Lilu wurde erstens am Sonntag in der Kirche erwartet, und zweitens würde Nadine sie genauestens unter die Lupe nehmen!

"Okay!", ging Lilu fröhlich auf seinen Vorschlag ein, und unter den erstaunten Blicken der beiden Verkäuferinnen probierten und erstanden sie mehrere schicke Outfits, darunter sogar Hosen, die sich im Gegensatz zu engen Röhrenjeans aufgrund ihres lockeren, weiten Schnitts – Harem-Style – hervorragend für Frauen mit Dämonenschwanz eigneten.

Um ihren Erfolg gebührend zu feiern, gingen sie zum Abschluss noch in das schicke Café am Rande des Platzes.

Bei Kaffee und Torte waren sie bald in eine angeregte Unterhaltung vertieft.

So merkten sie gar nicht, dass sich aus den Reihen der unzähligen anderen Gäste um sie herum ein Pärchen gelöst hatte und nach dem Bezahlen geradewegs an ihnen vorbei in Richtung Ausgang lief.

"Ach! Der Herr Pfarrer! Ja Grüß Gott, wie kommen's dann Sie daher?"

Ferdinand schaute hoch und erstarrte! Oh nein, ausgerechnet der Huber Toni!

"Toni! So ein Zufall ... ähm – geht es Ihnen gut?"

"Ja freilich! Und selbst? Na, bei der hübschen jungen Dame! Schönes Wetter ham' wir, geh'?"

"Ja ... äh ... sehen wir uns am Sonntag in der Kirche?"

"Aber sicher doch, Herr Pfarrer! Habe die Ehre!" Er stippte sich an den Hut, den er gerade aufgesetzt hatte, und zog seine Begleiterin, eine blondierte ältere Dame in eleganter Aufmachung, die ihre verbliebene Attraktivität meisterhaft in Szene zu setzen wusste, am Arm zur Tür und auf die Straße hinaus, fort aus ihrem Blickfeld.

"Wer war das?", fragte Lilu verdattert.

"Du kennst doch den Huber Toni?!", wunderte er sich zu Recht.
"Nein, nicht der Toni. Die Frau!"
"Ach so ... keine Ahnung, noch nie gesehen. *Seine* auf jeden Fall nicht!"
"Oh! Na *der* kann sich auf was gefasst machen!", zischelte sie böse.
"Ähm ... auf was ...?"
"Hm? Ach ... nichts ...", murmelte sie nun betont unbekümmert und ging nicht näher darauf ein.
Auch sie verließen das Café recht bald.
Während der Rückfahrt durch das malerische Land verzogen sich die wenigen grauen Wölkchen am Himmel, die davor unbemerkt aufgetaucht sein mussten, und auch ihre Laune hellte wieder zu ihrer ursprünglichen Heiterkeit auf.

"Nein, nein, nein und nochmals nein! Ich geh da auf gar keinen Fall hin!", weigerte sich eine äußerst ungehaltene Lilu zum x-ten Mal, seiner Aufforderung zum sonntäglichen Kirchgang nachzukommen.
"Doch, das tust du!", hielt Ferdinand genauso beharrlich und verärgert dagegen, "Als meine Haushälterin bist du dazu verpflichtet!"
"Stimmt ja gar nicht!"
"Aber es wird erwartet! Das fällt sonst sehr unangenehm auf!"
"Ist aber doch meine Sache!"

"Nein, es ist auch meine! Und ich will, dass du zum Gottesdienst kommst!"
"Nein!", schrie sie böse und lief aus der Küche.
Was war nur in sie gefahren? Kaum war die Sonne mal weg und sah es ein bisschen nach Regen aus, wagte sich der Dämon nicht mehr vor die Haustür? Oder lag es am Gotteshaus? Na und? Das hatte sie doch schon einmal ohne Weiteres betreten?
Es half nichts, er musste jetzt hinüber gehen, um die Glocken zu läuten und alles vorzubereiten.
Seine Laune war nun ebenso schlecht wie das Wetter. Er konnte nur hoffen, dass es nicht wirklich anfing zu regnen, denn er wollte nicht, dass seine Schwester und ihr Freund auf dem Motorrad nass wurden.
Die beiden Knaben, die heute als Ministranten dienen sollten, erwarteten ihn bereits vor der Sakristei, und bald war der Pfarrer so beschäftigt, dass er nicht länger über seinen störrischen Dämon nachdachte.
Die kleine, aber feine Kirchenorgel ertönte zur Eröffnung der Messe, und Ferdinand begrüßte nach dem Einzug die Gläubigen.
"Im Namen des Vaters und des Sohnes und des Heiligen Geistes", gab er das Kreuzzeichen, "der Herr sei mit euch!"
"Und mit deinem Geiste ...", antwortete die versammelte Gemeinde.
Während Ferdinand weitersprach, knarzte die Kirchentür einen Spalt breit auf, und Lilu schlich sich hinein, um sich möglichst unauffällig in die hinterste Bank zu setzen.
Er registrierte es erleichtert und spürte, wie er nun wieder frohen Mutes das Wort Gottes verkünden konn-

te. Erst später sah er, dass sie die Ohrstöpsel seines iPods trug! Oh Lilu! Doch es half nichts, er musste fortfahren und sich nichts anmerken lassen.
Natürlich kam sie zur Kommunion auch nicht mit den Gläubigen nach vorne, um den Leib Christi zu empfangen. Na, das würde Gerede geben!
Aber sie hatte wohl getan, was sie konnte, indem sie doch noch hier auftauchte, und das musste er ihr hoch anrechnen.
Nach der Messe kam sie als letzte heraus, nachdem er jedem einzelnen der Besucher die Hände geschüttelt und sie in den Sonnenschein, den das Wetter jetzt wieder für sie bereithielt, entlassen hatte.
"Schön dass du doch noch hergekommen bist", lobte er sie versöhnlich.
"Hmp ...", entgegnete sie nur kläglich. Dem Dämon hatte es nicht recht behagt bei all dem Gerede über Gott und Jesus, und dann noch der viele Weihrauch!
Sie traten zu den Leuten, die nun vor der Kirche in heitere Gespräche verwickelt waren, und zumindest Ferdinand ließ sich charmant miteinbeziehen. Man schätzte ihn hier, wenngleich man seine moderne, frische Art auch nicht immer ganz nachvollziehen konnte.
Lilu hielt sich still im Hintergrund und erwiderte die Blicke, die man ihr zuwarf, schüchtern und dennoch standhaft. Nur den Huber Toni beäugte sie misstrauisch und mit deutlichem Missfallen.
Endlich verlief sich die Gemeinde; das Mittagessen wartete daheim.
Bis zu Nadines Ankunft blieb noch etwas Zeit.

"Wollen wir einen Kaffee trinken?", schlug Ferdinand vor, als sie das Pfarrhaus betraten.
Lilu hatte nichts dagegen, und sie setzten sich mit ihren Humpen voller dampfender, würzig duftender Brühe auf die Terrasse vor der Küche.
"Sieht schick aus", bemerkte er und zeigte auf ihren neuen Rock und die dazu passende modische Bluse.
"Danke ...", murmelte Lilu noch immer recht kleinlaut.
"Hab mich wirklich gefreut, dich in der Kirche zu sehen", betonte er noch einmal, "das ist den Leuten hier auch sehr wichtig, weißt du?"
"Hm hm ..."
"Aber hast du etwa Musik gehört während dem Gottesdienst?!"
"Nur an manchen Stellen ...", gab sie beschämt zu, "aber dafür kann ich nichts! Ich ... ich mag das einfach nicht hören!", begehrte sie auf.
"Ist schon gut", beschwichtigte sie Ferdinand, der sie zu verstehen glaubte, "aber vielleicht solltest du das in Zukunft etwas unauffälliger machen ..."
Sie lächelte ihn wehmütig an. "Okay ..."
Langsam fanden sie zu weniger verfänglichen Themen zurück. Sie plauderten heiter über dies und das und vergaßen fast die Zeit. Eine Nachricht auf Ferdinands Handy informierte sie nach einer Weile über Nadines baldiges Eintreffen, und bei bestem Sonnenschein fuhr die Harley mit den beiden Gästen kurze Zeit darauf laut donnernd vor dem Pfarrhaus vor.
Nadine fiel ihrem Bruder freudestrahlend um den Hals und reichte Lilu anschließend neugierig die Hand. Val begnügte sich ohnehin aufs zurückhaltende Händeschütteln.

Zunächst hieß es, das neue Motorrad gebührend zu bewundern. Ferdinand ließ sich die technischen Details ausführlich erklären, während Lilu still dabeistand und zuschaute.

"Toll. Oder?", versuchte er sie einzubeziehen.

"Ja", bestätigte sie gleich, "mein Cousin hat auch so eine."

Das fand Nadine ganz zauberhaft; nur Ferdinand konnte es nicht verhindern, dass er darüber nachdenken musste, wer der Cousin seines Dämons wohl sein mochte.

Sie begaben sich dann ohne Umschweife gleich zum Wirtshaus gegenüber, wo sie beileibe nicht die einzigen Gäste waren, und bei Cola und Pommes Frites zeigte sich Lilu bald von ihrer munteren Seite.

Nadine warf ihrem Bruder immer wieder verstohlene Blicke zu, die dieser durchaus registrierte.

"Aber ist das nicht voll krass, erst New York und dann dieses Bergdorf hier?", wandte sie sich an Lilu und führte ein Thema fort, das sie gerade angeschnitten hatten.

"Ich find's hier toll!", schwärmte Lilu und meinte es auch.

"Und wie kommst du mit meinem Bruder klar?" Nadine war wie immer sehr direkt und ungezwungen.

"Oh, Ferdinand ist so nett!", strahlte Lilu begeistert.

"Und Lilu kann richtig super kochen!", bemühte sich der wiederum, das Gespräch in ungefährliche Bahnen zu lenken.

Es gab ja auch genug zu erzählen. Die Geschwister berieten sich über ihre Eltern und die Schreinerei des Vaters, dann gab es allerhand Wissenswertes über

Nadines Großprojekt, eine Häuserzeile in einem Vorort von München, und Valentins Idee, den Computer des Pfarrhauses zu modernisieren.
Zu diesem Zwecke gingen sie wieder dorthin zurück, wo der gelernte Maler und studierte Wirtschaftsinformatiker Val das altertümliche Gerät in Ferdinands Arbeitszimmer auf Herz und Nieren prüfte.
Nadine und Lilu deckten auf der Terrasse den Kaffeetisch und plauderten derweil über ihre "Jungs".
Val hatte sich in der IT-Firma, in der er seit Beendigung seines Informatikstudiums arbeitete, sehr weit hochgearbeitet und war ansonsten ein wunderbarer, einfühlsamer und bodenständiger Gefährte. Nein, sie planten nicht, in absehbarer Zeit zu heiraten; dafür hatten sie nicht so viel Zeit in ihr Studium investiert, um sich dann nur noch um die Familie kümmern zu müssen. Sehr zum Leidwesen der Eltern, die ja auch von Ferdinands Seite keine Enkel zu erwarten hatten. Obwohl Nadine noch immer die Hoffnung nährte, er möge "den Quatsch" mal lassen und sich in ein nettes Mädel verlieben ...
Prüfender Blick in Richtung Lilu.
"Oh, sein Herz ist so rein!", schwärmte diese aber und gab somit keinen Anlass zu Spekulationen.
Zum Kaffee gab es selbstgebackenen Käsekuchen, den Lilu und Ferdinand gestern mutig ausprobiert hatten. Nadine hörte sehr genau hin, als er davon berichtete, wie sie Schritt für Schritt den unklaren Anweisungen aus dem Internet gefolgt waren.
Zum Abschluss ging es hinüber in die Kirche, wo Ferdinand seiner Schwester den dringlichsten Renovierungsbedarf auf der Empore und im Turm zeigte. Die

Architektin und ihr Freund, der schließlich auch ursprünglich vom Fach war, schauten sich alles genau an und gaben ihre vorläufige Einschätzung kund – wenn die Gemeinde jetzt nichts unternahm, würde in wenigen Jahren alles umso teurer werden! Seufzend nickte der Pfarrer; etwas in der Art hatte er sich auch schon gedacht.
Doch woher das Geld nehmen? Ein bisschen was hatte die Gemeinde ja zu diesem Zwecke angespart, aber das würde kaum reichen.
Nadine versprach, sich nach preiswerten Möglichkeiten umzusehen, dann mussten die Zwei sich auch schon auf den Heimweg begeben. Die Fahrt auf dem Motorrad würde gut und gerne zwei Stunden dauern, aber das Wetter bot die gleichen günstigen Aussichten für Biker wie bereits am heutigen Vormittag, der keineswegs wie hier im Dorf von Wolken getrübt gewesen war.

Nach einem ruhigen, gemütlichen Abend gingen die Bewohner des Pfarrhauses beizeiten ins Bett.
Es dauerte wie immer nicht lange, bis Lilu in Ferdinands Traum auftauchte. Er hatte sie bereits erwartet.
"Und? Hat dir der Tag gefallen?", fragte er, während der Dämon sich behaglich an ihn schmiegte.
"Ja!", freute sich Lilu noch immer.
"Der Kuchen war lecker."
"Ja!"
"Wie findest du meine Schwester?"

"Nett. Sieht dir ähnlich."
"Findest du?! Und Val?"
"Sieht dir nicht ähnlich ...", scherzte sie.
"Lilu!", kniff er sie in die Schulter, woraufhin sie kichern musste.
"Val ist auch nett. Und hat 'ne geile Harley!"
"Ja. Er muss echt kucken, wie er sein Geld ausgibt, der Arme!" frotzelte Ferdinand gutmütig.
"Ist er reich?"
"Naja, die beiden verdienen nicht schlecht. Und nach dem Börsengang seiner Firma ist es wohl sogar noch mehr geworden."
"Hm."
"Was?"
"Aber er ist trotzdem nett."
"Natürlich. Wieso nicht? Wegen dem Geld?"
"Auch. Und wegen der Börse."
"Was ist mit der Börse?"
"Schlechte Erfahrung."
"Hast du mal spekuliert und die falschen Aktien gekauft?", grinste Ferdinand nun.
"Nicht ich. Ein paar Leute die ich kenne ..."
"Echt? Du kennst Leute von der Börse? Die in Frankfurt etwa?"
"Nein. New York."
"Du ... du kennst Leute von der *Wall Street*?!"
"Sagen wir's mal lieber so ... sie haben *mich* kennengelernt ..."
Jetzt war der Pfarrer sprachlos!
Lilu schaute ihn von der Seite an und schien auf etwas zu warten.
"Willst du es hören?", fragte sie ungewohnt ernst.

"Weiß nicht? Sollte ich? Was ... was waren denn die *schlechten Erfahrungen*?!"
"Das waren böse Menschen. Haben andere bestohlen. Ich habe sie heimgesucht."
"Nun .. also ... Val ist ein guter Mensch. Es ist seine Firma, die jetzt an der Börse ist. Er ... er hat selbst mit ... mit Aktienhandel nichts zu tun."
"Gut. Macht die Menschen nur schlecht."
"Alle?!"
"Die, die ich dort getroffen habe ..."
"Und das ... das war dann deine Zeit in New York?"
"Ja."
"Und dann bist du hierhergekommen ..."
"Ja ... hab etwas übertrieben ..."
"Wie, übertrieben? Was?"
"Ich hab's nicht böse gemeint! Ich ... ich wollte bloß die Kerze anzünden, ehrlich! Dass sie umgefallen ist, dafür kann ich nix, und dass der Vorhang angefangen hat zu brennen ..."
"Ach du liebe Zeit!"
"Aber mich deshalb gleich strafversetzen?!"
"Hierher?"
"Ja! Also ... nicht dass es mir hier nicht gefällt, aber das wusste ich ja da noch nicht ..."
"Hat man das Feuer löschen können?"
"Was? Das Feuer? Jaja ... also nachdem die Nachbarschaft abgebrannt war ..."
"Lilu!"
"Dummerweise hat es sehr viel Rauch gegeben ... ist ganz hoch gestiegen und hat dem Piloten die Sicht vernebelt ..."
"Welchem Piloten?!"

"Dem von der Boeing, die daraufhin abgestürzt ist – es tut mir ja leid!"
"Lilu! Was ...?!"
"Der Aufprall war so heftig, dass er ein Erdbeben ausgelöst hat ..."
"Das ... das ..."
"Und deswegen ist dann der Vulkan ausgebrochen!"
"Lilu! Das stimmt doch alles gar nicht, oder? Du willst mich bloß veräppeln!"
"Stimmt wohl! Stand alles in der Zeitung und kam im Fernsehen! Hast du's nicht gesehen?"
"*Vulkanausbruch*?!"
"Sie haben sogar einen Hollywoodfilm draus gemacht!"
"Lilu! Es reicht! So war es ja wohl ganz und gar nicht!" Er wusste nicht, ob er verärgert oder belustigt sein sollte, denn sie erzählte es so komisch, und zuzutrauen war ihr das alles irgendwie auch.
"Aber so ähnlich", gab sie kleinlaut nach.
"So ähnlich also. Nun gut. Was hast du mit den Börsenmaklern gemacht?"
"Sie tierisch erschreckt. Einer fand's nicht witzig und hat sich beschwert."
"Bei wem?"
"Kennst du nicht."
"Sag schon."
Sie seufzte ergeben. "Du würdest vielleicht Satan zu ihm sagen."
"Lilu!"
"Der Eine meinte jedenfalls, mit ihm einen Pakt geschlossen zu haben. Da musste ich dann gehen. Aber er

wird sich noch wundern! Hat das Kleingedruckte nicht gelesen!"
"Lilu?", hatte Ferdinand gerade ganz andere Sorgen, "Gibt es ... gibt es den Teufel ... *wirklich*?!"
"Himmel ... Hölle ... gut ... böse ... – was willst du hören? Es ist doch eins, wie eine Münze, je nachdem welche Seite du betrachtest. Aber immer eigentlich dasselbe. Man hat ihm dann bloß zwei Namen gegeben. Ihr Menschen könntet es sonst nicht verstehen."
Ferdinand schluckte. Er war sich nicht sicher, ob er ihr überhaupt bis hierhin folgen konnte.
"Und ... was stört dich dann an bösen Menschen?", fragte er zögerlich.
"Sie sind *nur* böse. Sie sind *einseitig*. Böse um des Bösen willen. So soll es aber nicht sein." Sie klang mit einem Mal sehr ernst und ... *alt*.
Er richtete sich auf, um sie besser betrachten zu können, und wunderte sich nicht darüber, dass dies trotz der Dunkelheit seines Schlafzimmers ging. War ja nur ein Traum.
Ihre Augen ruhten auf ihm, faszinierten ihn ... zogen ihn magisch an. Er konnte nicht anders – er beugte sich zu ihr und küsste sie zärtlich auf den Mund. Sie war so wunderbar! Nein, nicht nur das – *sie war ein Wunder*! Und er durfte dieses Wunder in seinen Armen halten! Es fühlte sich nicht so an, als würde eine Frau seine Sinne verwirren – im Gegenteil! Er meinte, nie klarer gesehen zu haben! Aber das wichtigste war – er erkannte das Göttliche um ihn herum, in ihr, in ihm, in seinem Tun ... alles ergab einen Sinn, einen heiligen Sinn, und Ferdinand hatte keine Angst mehr.

Als Lilu ihre Arme um ihn schlang und seinen Kuss erwiderte, wehrte er sich nicht. Immer stürmischer wurden ihre Küsse und Liebkosungen. Er wusste gar nicht, wohin er seine Hände als nächstes führen sollte, so fantastisch fühlte sich alles an, und ihr erging es wohl ganz ähnlich.
"Oh Ferdinand!", hauchte sie und ertastete seinen Bauchnabel. Ihre Finger wanderten weiter ...
"*Hah!*", erwachte er mit einem Ruck und fuhr sogleich in die Höhe! Was war geschehen?! "*Verdammt! Lilu!*"
Keuchend raufte er sich die Haare – was war da in sie gefahren?! Und in *ihn* erst! Er japste nach Luft und versuchte, etwas zu erkennen. Zitternd knipste er die Nachttischlampe an.
Er war allein. Natürlich. Nichts passiert. Aber trotzdem – in seinem Traum hatte er es zugelassen! Jetzt war er ganz durcheinander! Nur wenige Meter von ihm entfernt schlief ein Dämon und hätte ihn ums Haar verführt!
"Lilu ...!", klagte er. Er musste zu ihr gehen, sie sehen! Und klarstellen, dass sie das nicht tun durfte! Dass *sie* das nicht tun durften!
Einmal durchatmen noch, dann konnte er aufstehen.
Noch immer leicht benommen schlich er den Flur entlang und klopfte mutig an die Tür.
"Lilu? Bist du wach?"
Nichts rührte sich. Sie schlief sicher noch. Müsste sie ihn nicht eigentlich erwarten? Noch mal klopfen vielleicht?
Doch da ging ihre Tür schon auf, gerade mal einen Spalt breit, und sie stand da.
"Lilu! Ich ... das ...!"

Sie machte einen kleinen Schritt auf ihn zu und fasste ihm durch den Türspalt an den Nacken. Er folgte hilflos ihrem Zug und ließ sich von ihr auf den Mund küssen.
"Es ist schon spät, Ferdinand. Schlaf jetzt", raunte sie mit hypnotischer Stimme und sah ihn merkwürdig an.
Es beruhigte ihn tatsächlich.
"Okay", murmelte er, "wollte nur sehen ob's dir gutgeht."
"Ja, alles gut. Schlaf jetzt wieder, ja? Wir sehen uns morgen. Gute Nacht."
"Gute Nacht, Lilu ..."
Ferdinand stand noch eine Weile da, als sie die Tür schon längst wieder zugemacht hatte, und lehnte den Kopf an den Türrahmen.
Lilu ...!
Er war sich sicher, nicht mehr einschlafen zu können, und doch versank er bald nach seiner Rückkehr in sein Zimmer in einen tiefen, traumlosen Schlaf.

Am nächsten Morgen erwachte Ferdinand sehr früh und mit einem entsetzlich schlechten Gewissen.
Vor lauter zerknirschter Rastlosigkeit ging er hinüber zum Bäcker, um frische Brötchen zu holen, und kam sich seltsam beobachtet vor. Ein paar ältere Herrschaften, die schon vor ihm da gewesen waren und mit der Bäckersfrau geplaudert hatten, grüßten mit Not und schienen ihn mit hochgezogenen Augenbrauen zu beäugen. Sah man ihm die geträumte Entgleisung etwa

an? Hastig verabschiedete er sich und war sich sicher, dass sie bereits wieder über ihn tuschelten, als er noch nicht einmal ganz auf der Straße war.

Lilu duschte gerade, da konnte er in Ruhe den Frühstückstisch decken. Ob er Rührei mit Speck machen sollte?

Er ertappte sich dabei, wie er dem Mädchen eine Freude bereiten wollte! Aber das Mädchen war ein Dämon! Und ihre Gegenwart war ... zumindest gefährlich!

Doch beim Eierverquirlen dachte er über das nach, was sie ihm erzählt hatte ... über böse Menschen, und das Böse an sich ... – kam so ein Dämon nicht direkt aus Gottes Hand?

Ferdinand erinnerte sich an das Gefühl von letzter Nacht – wie alles um ihn herum so ... *göttlich* gewirkt hatte ...

Er zermarterte sich den Kopf, ob sein Dämon nun die ultimative Versuchung durch Satan war, oder das größte und heiligste Wunder, das ihm in seinem Leben überhaupt zuteil werden würde.

"Oh riecht das lecker!", kam Lilu – mal wieder in seinen Bademantel gehüllt – in die Küche. Wenn man vom Teufel redete ...

Er grinste sie verlegen an und erhielt ein strahlendes Lächeln als Erwiderung.

Ihre ungetrübte Heiterkeit beim Frühstück ließ nicht darauf schließen, dass sie ein schlechtes Gewissen wegen letzter Nacht hatte.

Nun, dann sollte er vielleicht auch darüber hinwegsehen. Hauptsache es würde nicht noch einmal passieren!

Der Dämon hielt sich in den folgenden Tagen – und Nächten – auch demonstrativ zurück. Lilu schien verstanden zu haben, dass es so nicht ging mit ihnen beiden.
Doch die Bauern im Dorf blieben merkwürdig.
Die Traudl brachte am Donnerstagabend Licht ins Dunkel, als sie für ihren Mann einen Botengang bei ihm erledigte.
"Sagen's, Hochwürden, wer ist die Lilu eigentlich?"
"Meine Haushälterin, das wissen Sie doch."
"Aber weiß des auch die Kirch'?"
"Na, die haben sie mir doch geschickt!"
"Geh', haben sie? Na dann ..."
"Was, na dann? Gibt es ein Problem?"
"Ja mei, ein Problem net ... es ist nur ... so ein hübsches, junges Madl ... und weil sie halt net zur Kommion gegangen ist ..."
"Sie ... sie kommt aus schwierigen Verhältnissen ... man muss vielleicht ein bisschen Nachsicht mit ihr haben ...", kam Ferdinand nun ins Schwitzen. Lügen wollte er schließlich nicht!
"Ah, na das erklärt es doch, geh'? Aber sagen's – was ham dann Sie g'macht mit ihr die Tage, in der Stadt? Der Huber erzählt herum, Sie hätten da schier a Rendezvous g'habt mit ihr!"
"Der Huber?! Na, jetzt hört sich doch wohl ...!", echauffierte sich der Pfarrer, "Der soll sich nur an die eigene Nase fassen! Ich will gar nicht wissen, wer die Dame in seiner Begleitung war – die Resi ganz sicher nicht! Und was Lilu angeht – wir haben ein Konto für sie eröffnet. Bei der Bank. Und jeder, der hier was

Unzüchtiges vermutet, hat vielleicht selbst ein Problem mit seiner Ehrbarkeit!"

"Geh', Herr Pfarrer, jetzt machen's mir aber Angst! 's ist ja alles in Ordnung. Nur die Leut', die tratschen halt ... – und der Huber war da mit einer anderen Frau? Ach Gott, die arme Resi!"

"Naja, Traudl, er mag ja Kaffee trinken mit wem er will, nicht wahr? Und ich eben auch."

"Recht ham's, Herr Pfarrer. Der is' sowieso net sauber! Wie der sei' Leut' behandelt! Und den Hintermeier *erpresst* er regelrecht! Weil der die Steuer net bezahl'n kann auf den Hof! So ein *Erbschleicher*, sag'i, der *Deifel* soll'n hol'n!"

"*Traudl*! Der Herr wird's scho' richten! 's liegt net an uns!", verfiel auch der Pfarrer in seinen heimischen Dialekt.

"Ja, scho'! 's is' halt bloß mei' Meinung!"

Sie beruhigten sich alsbald wieder und gingen mit einem leutseligen "Pfüat Ihna!" auseinander.

Ferdinand widmete sich nachdenklich wieder den Büchern auf seinem Schreibtisch. Da tuschelten die Leute ja gar gewaltig! Wenn das mal keinen Ärger geben würde! Immerhin wusste er jetzt, warum sie so komisch gekuckt hatten in letzter Zeit. Sie mochten sich Gott weiß was ausmalen! Man durfte ihnen also keinen weiteren Anlass für Spekulationen geben ...

Aber der Huber ... das war wirklich ein ganz Hinterhältiger!

Doch ehe er weiter darüber nachdenken konnte, ereilte ihn ein ganz und gar unerwünschter, trauriger Anruf – der alte Haidacher vom Hof schräg gegenüber, der schon lange krank und bettlägerig war, hatte seinen

letzten Atemzug getan und die Augen für immer geschlossen! Ob der Herr Pfarrer vielleicht ...
Ferdinand zögerte keinen Augenblick! Es war ja abzusehen gewesen ... die Sterbesakramente hatte er ihm bereits vor zwei Wochen erteilt ... und dennoch war es plötzlich und ... traurig.
"Lilu?", rief er seine Haushälterin, um ihr Bescheid zu sagen, dass er außer Haus gehen musste.
"Ja, mein Gebieter?", lugte sie aus der Küchentür.
"Lilu, hör mal, der Haidacher Seppl ist gestorben, drüben im Haidacherhof. Ich muss da jetzt hin, keine Ahnung wie lange."
"Kann ich mit?"
"Nein!"
"Wieso nicht?"
"Wieso?! Hör mal, ich kann jetzt nicht lange diskutieren. Ich geh da bestimmt nicht zum Spaß hin! Die Leute brauchen mich jetzt einfach, okay?"
"Okay ...", gab sie widerstrebend nach.
Der Pfarrer schnappte sich seine Bibel und seine Jacke und eilte über den Platz.
Die Hinterbliebenen empfingen ihn gefasst. Die Witwe saß still weinend am Bett des Verstorbenen, die Tochter hatte den Arm um sie gelegt und die beiden Söhne und der Schwager standen unschlüssig in der Kammer. Sie alle starrten ihm erwartungsvoll entgegen.
Er lud sie zum Gebet ein, und im Anschluss spendete er ein paar tröstende Worte.
Die Angehörigen waren sichtlich dankbar und ergriffen.
"Dank' schön, Herr Pfarrer", sagte der junge Haidacher mit brüchiger Stimme, "danke, dass Sie so schnell

hergekommen san. Die Mama ... die Mama war scho' ganz aufgelöst ..."

Er versicherte ihnen, dass er sie in seine Gebete einschließen würde, und bot auch sonst seine ganze Unterstützung an, jede Art der Hilfe, sie sollten sich nur melden ...

Dann zündeten sie eine Reihe von Kerzen an, und der älteste Sohn übernahm die Totenwache.

Ferdinand verabschiedete sich und ließ die Trauernden allein.

Kaum wieder auf der Straße lief er direkt in Lilu, die offenbar an die Hauswand gedrückt auf ihn gewartet hatte!

"Lilu! Was soll das?! Was machst du hier?!", zischelte er so streng und trotzdem so leise wie möglich.

"Ich war neugierig!", wisperte sie zurück.

"Das ... das ist nicht der passende Zeitpunkt ..."

"Ist er tot?!"

"Aber ja, was meinst denn du ...?!"

"Ich hab gehört wie du mit ihnen geredet hast ..."

"Schön!", zog er sie weg vom Hof.

"Wie du sie getröstet hast! Du ... du bist echt nett ...!"

Verdattert hielt er inne. "Das ... das ist mein Job ...", murmelte er verlegen.

"Wow!", ließ sie ihrer Bewunderung freien Lauf.

Er atmete nur durch. "Lass uns heimgehen ...", bat er müde.

Lilu kam in dieser Nacht nicht zu ihm. Also in seinen Traum. In sein Zimmer sowieso nicht.
Ferdinand wachte verwundert auf. Ungewöhnlich für Lilu ... naja, so hatte sie wenigstens nichts mit ihm anstellen können ...
"Na, wo warst du denn heute Nacht?", zog er sie dennoch beim Frühstück gutmütig auf.
"Unterwegs", erwiderte sie geheimnisvoll.
"Wo?"
"Drüben beim Haidacher. Damit er keine Angst hat."
"Lilu! Lass die Leute in Ruhe!" Was auch immer sie dort gemacht hatte ...
"Ja ja. Alles okay. Es hat mich eben interessiert. Hat keiner gemerkt ..."
"Gut. Du warst aber nicht *wirklich* dort, oder?"
"Nein, mein Gebieter. So war es viel interessanter."
"Ah. Okay."
"Heute Nacht komm' ich gerne wieder zu dir."
"Ja? Okay ..." Er wusste nicht, was ihm lieber war.
"Sie wollen drüben schlachten. Für die Beerdigung."
"Oh!"
"Wolltest du nicht auch anfangen, die Hühner zu schlachten?"
"Ich? Die Hühner ... ähm ..."
"Also wenn du morgen eine leckere Suppe essen möchtest ..."
"Mal sehen ..."
"Ich muss es wissen! Wegen Einkaufen und so ..."
Er nickte ergeben. Hühner schlachten ... das war nicht Bestandteil seines Theologiestudiums gewesen!
Er vergaß es auch schnell wieder.

Lilu erinnerte ihn ... gnadenlos!
Sie zog ihn an der Hand von seinem Schreibtisch weg durch den Flur und die Küche in den Garten zum Gehege.
"Schlachten. Jetzt", forderte sie bestimmt.
"Lilu?! Da muss ich mich ... wenigstens vorher umziehen. Und ... was braucht man da eigentlich? Ein Beil ... oder so?"
Sie quälte ihn eine Weile mit zusammengekniffenen Augen.
"Oh Ferdinand", erlöste sie ihn geduldig, "sag einfach welches."
"Und dann ... machst *du* das dann?!"
"Ja, du Held. Welches?"
"Ich ... ich weiß nicht!" Oje! Sich zum Richter über Leben und Tod aufspielen zu wollen!
Lilu betrachtete die gackernde Schar aufmerksam.
"Das da", bestimmte sie sodann.
"W-wieso das?" Als ob es von Bedeutung sei, welches sterben musste ...
"Entweder *wir* kriegen es oder der Fuchs?", meinte Lilu mit unschuldigem Augenaufschlag und streckte dem Huhn die Hand hin.
Das dumme Tier dachte wohl, es gäbe etwas zu fressen, und kam gleich angewatschelt.
Lilu konnte es ohne Probleme auf den Arm nehmen! Sie wisperte beruhigend auf den Vogel ein, der wie hypnotisiert schien.
Dann hob Lilu den Zeigefinger. Und tippte ganz leicht damit gegen die gefiederte Stirn.
Sofort brach der kleine Körper leblos in ihren Armen zusammen.

"Mach's gut! Und danke ...", wisperte der Dämon einem unsichtbar entweichenden Geist hinterher.
Ferdinand war fassungslos! "Ist es *tot*?!", fragte er ungläubig.
"Ja", schaute Lilu noch immer in die Ferne, als ob es dort etwas zu sehen gäbe.
"Und ... du hast es *getötet*? Mit deinem *Finger*?!"
"Ja. War viel besser als wenn der Fuchs es gemacht hätte."
"Der Fuchs ..."
"Ja. Sie wäre ohnehin gestorben." Lilus leise Stimme ließ erkennen, wie sehr sie gerade der Welt entrückt war. Sie wusste Dinge, die Ferdinand nicht einmal ahnen konnte.
"Und ... wo ist sie jetzt?", erkundigte er sich verwirrt.
"Frei ...", hauchte Lilu und kehrte auf die Erde zurück, "komm, wir müssen sie rupfen!"
Er folgte ihr wie im Trance in die Küche.
Dort legte der Dämon das tote Huhn auf den Küchentisch und betrachtete es ratlos.
"Und jetzt?", fragte der Pfarrer, der es ganz sicher auch nicht wusste.
PUFF! machte es, und in der Küche ließ Frau Holle die Daunen herabschneien!
Das Huhn lag danach nackt auf dem Tisch, und Lilu besah es zufrieden. Dass überall die Federn verteilt waren, schien ihr egal!
"Oh!" Zu mehr war Hochwürden nicht in der Lage.
"Du musst es ausnehmen!", befahl der Dämon.
"Ich ... das kann ich nicht!"

"Oh! Alles muss ich selber machen!", beschwerte sich das Mädchen und griff sich ein Fleischmesser aus dem Messerblock.
Ferdinands Kreislauf meldete sich unangenehm zu Wort. Das hier würde er nicht lange aushalten! Mit der Hand vor dem Mund floh der Pfarrer aus seiner Küche und überließ dem Dämon die für das morgige Abendessen unabdingbaren Metzgerarbeiten.

Diese Nacht konnte ja nur merkwürdig werden!
Der Seppl war gestorben. Und der Dämon hatte ein Huhn getötet ... mit dem Finger ...!
"Hah!", entfuhr es Ferdinand, als Lilu ihm in seinen Träumen erschien.
Sie starrte ihn bestürzt an, denn sie hatte gar nichts Unzüchtiges getan.
"Geht's dir gut?", fragte sie besorgt.
"Ja ... nein ... weiß nicht ..."
"Was jetzt?"
"Lilu!"
Sie starrte ihn an. Und hob die Hand. Und streckte ihren Finger nach ihm aus!
"Lilu! Lass das!", rief Ferdinand in Panik.
"Ah! Das ist es, ja? Du hast Angst!"
"Lilu ... das ... also ... das mit deinem Finger ..."
"Liebster, hab keine Angst! Deine Zeit ist noch nicht gekommen!"
"A-ach so, na dann ... dann ist das ja geklärt ...", trat ihm der kalte Schweiß auf die Stirn.

"Dem Huhn geht es gut ...", erwähnte sie nebenbei, "dem Haidacher Seppl übrigens auch. Er lässt dich schön grüßen."
"*Lilu*?"
"Es geht ihnen gut dort. Keine Ahnung, warum ihr euch immer wünscht, nicht dorthin gehen zu müssen. Zurück zu kommen. So wie Lazarus."
"Lilu ..."
"Soll ich dir von Bethanien erzählen?" Sie kraulte seinen Nacken und schaute ihn unschuldig an.
"Bethanien? Was weißt du darüber?"
"Ich war dort, schon vergessen? Hab ich dir doch erzählt ..."
"Ja ...?"
"Komm mit!", lockte sie, und mit einem Mal duftete es betörend nach würzigen Ölen, und eine seltsame Musik aus Trommeln und quäkenden Flöten erklang.
Ferdinand schaute verwundert umher – das war nicht sein Schlafzimmer! Und wer waren diese Leute? Sie waren seltsam gekleidet, in lange Gewänder, und sie sahen erwartungsvoll zu Lilu.
Auch sie trug nun ganz andere Kleidung – fast durchsichtig und mit viel nackter Haut, mit Ketten aus Gold und Perlen, die verführerisch vibrierten bei jeder ihrer Bewegungen.
Und wie sie sich bewegte! Sie tanzte für die Anwesenden ... wiegte sich zu der fremdartigen, orientalischen Musik ... räkelte sich im Rhythmus der pulsierenden Trommeln ... ließ die Hüfte kreisen und erzittern ...!
Vor Ferdinand blieb sie stehen. Die Haut um ihren Bauchnabel bebte vor Erregung! Ihre Arme wiegten

sich wie Weidenzweige im Sommerwind zu den klagenden, schmachtenden Flötenstimmen ...
Nun waren sie wieder allein, doch die Musik spielte noch immer.
Lilus Mund war eine einzige Verlockung! Ihre Augen zogen ihn in ihren Bann, und sie beugte sich über ihn!
War es noch ein Teil ihres überaus erotischen Tanzes? Sie leckte ihm begierig über den Mund, den Hals, die Brust ... drehte sich zur Musik fort von ihm, kehrte zurück, leckte weiter ... und weiter ... den Bauch entlang ... sie saugte an seinem Nabel ... und weiter ... weiter ...
Ein Nuklearsprengsatz explodierte in Ferdinands Bett, und davon musste sogar er wach werden.
"*AH!*", kam er verschwitzt und atemlos zu sich und saß im nächsten Moment aufrecht da. "*Scheiße!*"
Nun ja ...
Ungläubig starrte er in das Dunkel vor ihm.
"Scheiße, Scheiße!", konnte er offenbar nicht oft genug wiederholen.
Ungeduldig knipste er die kleine Lampe auf seinem Nachttisch an und besah die Bescherung.
"*Scheiße!*" Ja dann – das Bett würde er wohl neu beziehen müssen ...! Also ... das war ihm ja schon lange nicht mehr passiert ... – "Scheiße!"
Entnervt ließ er sich zurück in die Kissen fallen. "Scheiße ..."
Aber eigentlich ... *oh Gott*! Was hatte Lilu da nur mit ihm *gemacht*?!
"Nein! Nein! Nein!", begehrte er auf. Was da eben geschehen war ... egal wie *irre* geil es sich angefühlt hatte ... schuld war der Succubus, und nicht er!

Ferdinand werkelte sich aus seiner durchnässten Decke und wühlte im Schrank nach einer anderen, trockenen Hose. Hastig zog er sich um.
Dieses Mal war sie zu weit gegangen! *Samenraub!* Das konnte nicht bis morgen warten! Er würde ihr jetzt sofort die Leviten lesen und sie umgehend seines Hauses verweisen!
"Lilu!", trommelte er wütend an ihre Tür, die sogleich wie von Geisterhand bewegt aufsprang.
Er zögerte nicht und trat ein, bereit, dem Dämon eine gehörige Standpauke zu erteilen!
"Mein Gebieter ...", hörte er sie im Dämmerlicht hauchen, "hat dir mein Tanz nicht gefallen?"
"Das ... das ... du ...!"
"Komm her ...", umfing sie ihn mit ihren Armen, "es tut mir leid ... ich wollte dich nicht erschrecken ..."
"Lilu ...", wehrte er sich vergeblich.
Der Dämon zog ihn zu seinem Nachtlager und bedeckte ihn mit hektischen, lustvollen Küssen.
"Diesmal bist du endgültig zu weit gegangen!", schimpfte Ferdinand aufgebracht und versuchte, sich aus der Umklammerung zu lösen.
Lilu schien vor ihm in die Knie gehen zu wollen.
"Verzeih mir, mein Gebieter!" Sie neigte ihren Kopf voller Demut ... und machte genau dort weiter, wo sie im Traum aufgehört hatte!
"Ah!", stöhnte Ferdinand panisch, "Geh weg! Im Namen des dreifaltigen Gottes! Weiche von mir, Dämon!"
Ein schriller Schmerzensschrei durchbrach die Nacht!
Der Dämon riss die Arme schützend hoch und floh die

wenigen Schritte bis zur Bettkante, sackte gepeinigt auf den Boden davor und heulte vor Qualen!

Es stank bestialisch nach Schwefel und verkohltem Fleisch, und spätestens jetzt hätte ein Rauchmelder angehen müssen.

"Ah! Es tut so weh!", klagte das Wesen zu Ferdinands Füßen. Aus seinem Kopf ragten zwei lange, gewundene Hörner, sein Gesicht war zu einer furchterregenden Grimasse verzogen, und die glutroten Augen leuchteten höllisch in den zischenden, ekelerregenden Dämpfen, die von seinem verbrannten Leib aus aufstiegen. Der Mund war eine grausige Fratze – hässliche, spitze Zähne, die in alle Richtungen ragten, nur nicht in die vom Kieferorthopäden empfohlene!

Lilu schien vor seinen Augen im Fegefeuer zu verbrennen!

"*Lilu*!", bekam er es mit der Angst zu tun. Angst um seinen Dämon ...

"Ferdinand!", wimmerte sie unglücklich, "Warum hast du das getan! Das tut doch *weh*!"

Langsam schien ihre Haut abzukühlen. Der Schwefelgeruch wurde immer intensiver, aber Lilus Gesicht nahm allmählich wieder menschliche Züge an.

Sie weinte kläglich und wand sich schmerzhaft. Beschämt drehte sie Ferdinand den Rücken zu; *so* sollte er sie nicht sehen!

"Lilu ...", wagte er sich trotzdem in ihre Nähe, ging hinter ihr in die Hocke und nahm sie tatsächlich in die Arme, "Lilu, es tut mir leid! Was ... was ist los mit dir?!"

"Du hast mich *gebannt*!", jammerte sie, noch immer voller Grausen, "Du hast den Dreifaltigen angerufen

und mich gebannt! Es tut so weh! Dabei wollte ich nur *nett* zu dir sein ...!"
Ferdinand kniete bei ihr und hielt sie mittlerweile eng umschlungen. Sein Herz pochte gehörig, wenngleich er selbst nicht wusste, ob aus Furcht oder Faszination.
Vorsichtig drückte er Lilu an sich und spürte, wie sie am ganzen Leib bebte.
Ihre Hörner schrumpften zusehends, während der Rauch sich verzog.
"Es tut mir so leid, Lilu ...!"
Er wollte gar nicht mehr wissen, wie man Dämonen bannte! Er wollte nur noch, dass es seiner bezaubernden, liebreizenden Lilu wieder gut ging!
"Lilu ...!"

Nach einer Weile drehte Lilu sich zu ihm um. Sie vergrub ihr Gesicht an seinem Hals und weinte herzerweichend.
Das Wetter schien wahrlich mitzufühlen, denn draußen regnete es gleichmäßig und ergiebig.
Hilflos hielt Ferdinand sie in seinen Armen und streichelte ihren Rücken.
Die Bedauernswerte war ganz verschwitzt. Langsam beruhigte sie sich, aber loslassen wollte sie ihn nicht.
"Lilu", begann er zaghaft, "was war das? War das dein ... dein wahres Aussehen?!"
"Wie meinst du das?", nuschelte sie mit ihrem Mund gegen seinen Hals gedrückt.

"Naja ... siehst du in Wirklichkeit so aus wie ... wie eben? War das ... irgendwie ... deine dunkle Seite?"
"Dunkle Seite? Ist dein Schatten auch sowas wie 'ne dunkle Seite?", fragte sie pikiert.
"Aber das war eben nicht bloß ein Schatten! Das war *echt*!"
"Und Schatten sind unecht - oder wie? Ferdinand ... die Dinge erscheinen so, wie sie beleuchtet werden."
"Was?"
"Ich kann's dir nicht anders erklären. Wenn du mich mit einem Heiligen Bannspruch belegst, bekommst du eben diese Seite von mir gezeigt. Und bitte mach das nicht mehr", fing sie wieder an zu jammern, "das tut nämlich tierisch weh, vor allem beim Rückverwandeln!"
Sie schluchzte erneut, und Ferdinand drückte sie tröstend an sich.
"Lilu ... du darfst mich aber nicht verführen ...", raunte er ihr ins Ohr und gab ihr einen zarten Kuss hinterher.
"Ich tu doch nur was du willst ...", klagte sie und schmiegte sich noch enger an ihn.
"Ich will das nicht!", bekräftigte er seinen Standpunkt.
"Hat sich aber ganz so angefühlt!", begehrte sie auf.
"Mag sein ...", seufzte er geschlagen, "aber ich will es trotzdem nicht."
"Hat dir mein Tanz nicht gefallen?"
"Doch, Lilu", küsste er sie auf die Schläfe, "das war umwerfend ...!"
Sie räkelte sich in seinen Armen. Ihr Nachthemd hatte den Brand unglaublicherweise unbeschadet überstanden, aber es war wirklich klitschnass.

"Du solltest raus aus deinen Sachen ...", riet er und zupfte an einem Ärmel.
"Okay ...", raffte Lilu sich auf.
Sie stand vor ihm und sah auf ihn hinab, und er starrte hoch zu ihr, unfähig sich zu rühren, obwohl er genau wusste, was jetzt kam.
Bedächtig zog sie sich das nasse Baumwollkleid über den Kopf und stand nackt da!
Ferdinand schluckte. Er sollte wegschauen, doch es gelang ihm nicht.
Der Dämon machte keine Anstalten, sich wenigstens die Scham bedecken zu wollen. Er kostete es weidlich aus, dem Pfarrer diesen wunderschönen, verlockenden weiblichen Körper zu präsentieren!
"Gefalle ich dir?", hauchte Lilu und strich ihrem Gebieter durch das Haar.
"Du ... du bist ein Dämon ...", stammelte Ferdinand.
"Ja ..." Ihr Schwanz zuckte wie zur Bestätigung hinter ihr hervor.
"Lilu! Bitte! Zieh dir was an!"
"Ich hab nix anderes ..."
"Dann ... nimm die Decke ...!", flehte er.
Sie gehorchte sogleich und lag dann eingemummelt in ihre Bettdecke und dicht an ihn gekuschelt auf dem Teppich vor ihrem unbenutzten Bett.
"Bleib bei mir ...", bettelte sie mit großen Augen und legte den Arm um seine Taille.
"Lilu ... ich ..."
"Du hast mir wehgetan ..."
"Das ... das ..."

"Ich kann so nicht schlafen. Bitte – nur bei mir bleiben, ja? Ich tu nix Böses! Sonst würdest du mich nur wieder bannen!"
Das stimmte. Er war also in Sicherheit. Sie würde ihm bestimmt nichts anhaben, und er war ja selbst viel zu aufgewühlt, um jetzt unbedingt allein sein zu wollen.
Ergeben legte er sich auf das Kissen neben sie und hielt ihre Hand dabei.
"Besser?"
"Ja, mein Gebieter. Schlaf gut ..."
"Schlaf gut, Lilu ..."

Der Samstagmorgen war so wolkenverhangen und trübe, dass die Schlafenden in Ermangelung eines Weckers erst am Vormittag langsam von der spärlichen Helligkeit aufwachten.
Ferdinand blinzelte verwundert. Das war doch nicht sein *Bett*? Nein ... er war ja zu Lilu hinüber gegangen, und dann waren da noch bizarrere Dinge geschehen als in seinem sonderbaren Traum davor ...
Lilu ...
Sie lag auf dem Bauch schlafend neben ihm. Sie war nackt und die Decke verrutscht, so dass ihr elfenhafter Körper sich bis zu den Knien hinab dem Betrachter präsentierte. Aus ihrem unteren Rücken entsprang auf Höhe des Steißes der etwas mehr als daumendicke Dämonenschwanz, der ab der Hälfte abwärts mit einem feinen, hellen Flaum bedeckt schien und schließlich in der bereits bekannten goldenen Quaste

endete, die nun auf Ferdinands Seite des Nachtlagers ruhte.
Er hatte sich auf den Ellenbogen gestützt und sah es mit leichtem Grausen, doch konnte er den Blick nicht von der unirdischen Schönen nehmen. Es blieb nicht ohne Wirkung für ihn – schnell zog er die Decke über Lilus nackten Rücken und atmete durch! Bis zehn zählen und nicht an die süße Versuchung neben ihm denken!
Gar nicht so einfach, aber nach einer Weile hatte der willensstarke, gottesfürchtige Pfarrer sich wieder im Griff.
Wenn das einer herausfand, dass Hochwürden bei einer nackten Frau nächtigte, die zuvor ... – na toll, jetzt konnte er gerade noch mal von vorne anfangen mit Zählen!
Am besten er stand jetzt auf und lenkte sich selbst beim Ausmisten des Hühnerstalls von seinen unschicklichen Gedanken ab.
"Lilu? Es ist schon spät! Wir haben verschlafen", versuchte er sie behutsam zu wecken.
"Hmmmp", brummte sie ohne die Augen zu öffnen, "nur noch ein bisschen ..."
"Okay. Du kannst ja noch etwas liegenbleiben. Aber ich muss jetzt aufstehen ..."
"Ist gut ... ich komm' dann nach ...", murmelte sie müde und drehte den Kopf zur anderen Seite.
Die körperliche Betätigung im Garten verfehlte ihren Zweck nicht. Während die Sonne sich allmählich hinter den Wolken hervortraute, kam Ferdinand gehörig ins Schwitzen und freute sich schon auf die

Dusche, als er durch die geöffnete Terrassentür wieder ins Haus kam.

Lilu stand am Herd und zauberte Hühnersuppe.

"Hmm, das duftet aber lecker!", lobte Ferdinand.

"Möchtest du einen Kaffee?", fragte sie ihn strahlend, und eilte nach seinem bestätigenden Nicken freudig zur Kaffeemaschine, um ihm, fasziniert von der ausgeklügelten Maschinerie des Vollautomaten, unter schrillem Getöse eine Tasse Espresso Lungo ebendort herauszuleiern.

"Prego", reichte sie ihm formvollendet das belebende Gebräu.

Er lächelte amüsiert. "Ich geh' nachher in die Stadt einkaufen. Was brauchen wir alles?"

"Cola!"

"Und sonst?"

"Darf ich mitkommen? Bitte!"

"Na gut ..."

Während er duschte, beeilte sich Lilu mit ihrer Hausarbeit – Ferdinands Bett musste neu bezogen und die schmutzige Wäsche gewaschen und getrocknet werden – und dann machten sie sich in dem alten Kombi auf den Weg in Richtung Stadt.

Das vorgelagerte Gewerbegebiet bot eine reichhaltige Auswahl an Einkaufsmöglichkeiten. Ein mittelgroßer Discounter versorgte sie mit allem, was der Haushalt gerade an Bedarf hatte. Cola und Weißbier gab es im Getränkemarkt nebenan.

Auf dem Weg zur Kasse sahen sie von Weitem den Huber Toni. Auch er deckte sich wohl gerade mit einem Nachschub für das Wochenende ein. Sie versuchten, ihn unauffällig zu umgehen, doch erblickte er

sie, als Ferdinand gerade am Bezahlen war, und nickte ihnen zum Gruß mit ernster Miene zu.
Dabei blieb es zum Glück.
Sie hatten es ohnehin eilig, denn Ferdinand musste noch ein wenig an der Messe von heute Abend feilen.
Bereits auf der Rückfahrt gab er Lilu zu verstehen, dass sie spätestens morgen im Gottesdienst erwartet wurde, und zwar ohne Ohrstöpsel.
"Aber Ferdinand! Du weißt doch, dass das nicht geht!", jammerte sie.
"Ach ja? Tu ich das? Bin mir da nicht so sicher!"
"Doch! Es tut mir weh, wenn du den Dreifaltigen anrufst!"
Vor Schreck hätte der Pfarrer fast das Lenkrad herumgerissen!
Nicht auszudenken, wenn Lilu sich vor den Augen der Gemeinde in einen grässlichen, schwefeldampfenden Dämon verwandelte!
"Dann ... dann ...", stammelte er, "was *machen* wir denn dann?!"
Lilu wusste es auch nicht. Sie wollte auch nicht näher darauf eingehen, warum ihr das Gotteshaus selbst, oder das Kruzifix in der Küche, und Gebete wie der Tischsegen nichts ausmachten, während sie die drei Erscheinungsbilder des Allmächtigen nicht in einem Atemzug genannt vertrug.
So kam es, dass Ferdinand sehr nachdenklich zum Abendgottesdienst hinüber in die Kirche ging und ziemlich erschrak, als sich nach Beginn der Messe die Tür noch einmal auftat und Lilu erschien.
Sie nahm wieder ganz hinten Platz, und er konnte deutlich sehen, wie sie sich an bestimmten Stellen in

der Liturgie die Ohren fest zuhielt. Er konnte nur hoffen, dass es niemandem sonst auffiel!
Trotzdem dankte er dem Dämon später für sein Bemühen. Und lobte die vorzügliche Hühnersuppe, die sie mit Begeisterung am Abend löffelten.
Dann wollten sie eigentlich zusammen Fernsehen schauen. Aber kurz nach Acht klingelte jemand an der Haustür.
Erstaunt öffnete der Pfarrer und sah sich dem Hintermeier gegenüber, der ehrfürchtigst um ein Gespräch bat. Drüben im Adler vielleicht?
Ferdinand willigte ein und sagte Lilu Bescheid.
"Nein, du bleibst hier!", wiegelte er ab, ehe sie auch nur versuchen konnte, ihn anzubetteln, sie doch mitzunehmen.
Im Wirtshaus fanden er und der Ratsuchende einen abgeschiedenen Platz und bestellten jeder ein Weißbier.
"Nun sagen's, was haben's auf dem Herzen?", begann der Pfarrer freundlich.
"Ach, ich muss mal mit jemand' red'n ...", seufzte der Hintermeier, und nach etwas Ermunterung klagte er sein ganzes Leid – die kranke Frau, die dringend auf kostspielige Medikamente und Therapien angewiesen war – "Mir Bauern san fei net so guat versichert, wissen's" – das Finanzamt, das angemeldet hatte, dass nach Abzug aller Freibeträge eine nicht unerhebliche Summe an Erbschaftssteuer zu entrichten war ...
"Wie hoch?!", fragte Ferdinand erstaunt, denn dem Sohn stand es doch wohl zu, eine Hälfte des Anwesens zu übernehmen.

"Dreißigtausend! Die hab'i aber net!" Und dann erzählte er, wie ihn sein Schwager dazu drängte, den Hof und die Felder drumherum an ihn zu verkaufen.
"Aber das ist doch viel mehr wert als das?"
"Scho' ... – 's würd' fei reichen für die Frau und ein Häuserl am Hang ... aber er will alles abreißen und was Großes draus machen, und alles nur weil mir's Finanzamt net zahl'n könna!"
"Und wenn Sie einen Kredit aufnehmen?"
"Hab'i alles scho' versucht. Die geben nix. Solang' wie die Melkanlage net abbezahlt is' ..."
"Und die Kinder?"
"Ham grad gebaut ..."
"Und jetzt?!", fragte Ferdinand ehrlich erschüttert.
"I woaß es net. Wann's für uns bet'n möcht'n, Herr Pfarrer ..."
"Wir ... wir finden einen Weg ...!"
"Sicher ... 's müsst' nur recht bald sei' ...!"
Ferdinand war ratlos. Er wollte so gern helfen, doch sein Dienst am Menschen war spiritueller Natur, nicht finanzieller. Würde er selbst über Geld verfügen, hätte er es dem Hintermeier sofort zur Verfügung gestellt, zinslos selbstverständlich, aber er war so mittellos wie ... wie eine Kirchenmaus eben ...
Dem unglücklichen Bauern schien es jedoch schon eine Erleichterung, überhaupt mit ihm reden zu können, sein Mitgefühl zu spüren und die Last mit ihm zu teilen. Dankbar nahm er Ferdinands Einladung an, morgen nach der Messe mit dem Schreiben des Finanzamtes und anderen Unterlagen ins Pfarrhaus zu kommen, damit der Pfarrer sich selbst ein Bild von der anstehenden Katastrophe machen konnte.

Sie redeten noch eine Weile über die Aussichten auf Genesung der kranken Frau, über dies und das, und dann war es auch schon an der Zeit aufzubrechen. Die Milchwirtschaft mahnte zum Zubettgehen – morgen um vier in der Früh' galt es für den Hintermeier, aufzustehen und das Vieh zu versorgen, solange er es noch konnte.
Sie verabschiedeten sich voneinander und gingen ihrer Wege, ein jeder für sich in trübe Gedanken versunken.

Nach dem sonntäglichen Gottesdienst stand der Pfarrer wie immer an der Kirchentür und verabschiedete sich mit einem freundlichen Händedruck von jedem einzelnen Besucher.
Der Hintermeier und seine Frau waren bei ihm stehen geblieben, da sie ja noch etwas miteinander zu besprechen hatten.
"Geh', Gretl, gut schaust aus!", ertönte auf einmal eine kalte Stimme noch aus dem Kirchenraum, die die Bäuerin und ihren Mann zusammenzucken ließ – der Huber Toni! Und dann, zu Ferdinand gewandt und nicht weniger arrogant, "Das hübsche Frollein heute net dabei? Geht's net so gern in d'Kirch'?"
Unverschämtheit!
"Sie war gestern Abend", behielt der Pfarrer dennoch die Ruhe, "heut' Vormittag musste sie kochen, denn wir haben Gäste zum Mittagessen." Mit diesen Worten nickte er in Richtung der Hintermeiers, woraufhin dem Toni sein überhebliches Grinsen im Gesicht gefror.

"Habe die Ehre ...", murmelte er verdrießlich und zog von dannen.
"Und wo ist die Resi?", schaute Ferdinand ihm nachdenklich hinterher.
"Vielleicht hat's wieder ihre Migräne ...", meinte die krebskranke Gretl mitfühlend.
Schweigend machten sie sich auf den Weg ins Pfarrhaus hinüber.
Es duftete nach Reis und Hühnchen – Lilu hatte den Rest des Vogels in eine Riesenportion Hühnerfrikassee verwandelt. Nichts war angebrannt, und den Reis hatte die Mikrowelle perfekt gegart.
Dazu Salat aus dem Garten und zum Nachtisch Erdbeeren mit Vanilleeis.
Die Hintermeiers waren beeindruckt und dankbar. Da hatte der Herr Pfarrer ja eine tüchtige Haushälterin bekommen!
Lilu strahlte über das Lob, das sie noch ein zweites Mal von Ferdinand erhielt, später, als die Gäste nach eingehender Prüfung der Unterlagen wieder auf dem Heimweg waren.
"Und? Kannst du ihnen helfen?", fragte sie nach dem Verlauf des Gesprächs.
"Ich weiß nicht ... es geht wirklich nur um's Geld – das sie nicht haben!"
"Kannst du ihnen nicht was leihen?"
"Ich hab' selber nix ..."
"Und was haben wir da letztens auf die Bank gebracht?"
"Das war nicht *mein* Geld. Das gehört der Kirche."
"Und kann dann nicht die Kirche was davon abgeben?"

"Ich weiß nicht ... das sind Spendengelder ... da darf man sich nicht so einfach dran bedienen!"
"Soso. Da braucht's also doch ein Wunder."
"So sieht's aus ..."
Lilu bedachte ihn mit einem merkwürdigen Blick und ließ ihn allein, damit er die Andacht für den Abend fertig machen konnte.
Ihm war es recht. So konnte er auch noch einmal in Ruhe alle wesentlichen Teile der morgigen Beerdigung durchgehen.
Hoffentlich würde das Wetter halten für den Trauerzug zum Friedhof!

"Darf ich mitkommen?", bettelte Lilu am nächsten Morgen aufgeregt. Sie hatte ihn in der Nacht gar nicht heimgesucht ...
"Nein!", entschied Ferdinand mit Nachdruck.
"Warum nicht?!", fragte sie entrüstet.
"Das ist eine Beerdigung und kein Picknick!"
"Ich weiß! Ich will mit!"
"Nein! Und Schluss damit!" Verärgert machte er sich auf den Weg hinüber zur Kirche, wo er sich mit dem Bestatter treffen wollte, um die restlichen Vorbereitungen für die Trauerfeier zu erledigen.
Auch Lilu war nun ungehalten. Als ob sie bei Regenwetter schlechte Laune bekäme.
Missmutig begab sie sich ins Bad. Dann würde sie eben die Waschmaschine füttern.

Als Ferdinand durch den strömenden Regen zurückkam, um sich umzuziehen, fand er das Mädchen erbärmlich heulend beim Wäschesortieren.
"Was ist denn los?", erkundigte er sich leicht genervt.
"Du willst mich nicht dabeihaben!", klagte Lilu und schluchzte noch mehr.
"Lilu! Wie oft denn noch?! Das ist eine Beerdigung!"
"Und warum darf ich da nicht hin?!"
"Weil du ein Dämon bist, schon vergessen? Wir werden viel beten! Zum Dreifaltigen Gott!"
"Da kann ich mir doch die Ohren zuhalten!"
"Lilu!"
"Ich will auch mitgehen in der Prozession! Wenn alle so schön singen!"
"Prozession? Wenn die mal nicht ins Wasser fällt! Schon mal rausgekuckt?!"
"Hab ich! Ich kann nix dafür, dass ich wetterfühlig bin!"
"Wetterfühlig ... – was hat denn das damit zu tun?!"
"Und ich hab's ihm doch versprochen!"
"Was? Wem?"
"Ist ja jetzt auch egal! Du bist so gemein!"
"Lilu!" Aber er konnte ihr nicht böse sein. Sie sah wirklich herzerweichend aus, wie sie da auf dem Boden hockend die Buntwäsche von der Kochwäsche trennte ... das arme Aschenputtel, das nicht auf den Ball gehen durfte ... na toll, jetzt hatte sie es geschafft! Seufzend gab er nach; er wollte schließlich nicht der Böse sein. "Also gut, meinetwegen. Wenn dir so viel daran liegt. Beschwer dich aber nicht, wenn es vor lauter Regen nichts zu sehen gibt! Und wehe es riecht nach Schwefel!"

"Oh danke Ferdinand!", war sie schon aufgesprungen und ihm um den Hals gefallen, die Tränen noch nicht getrocknet und doch schon wieder ein strahlendes Lachen im Gesicht.
"Und zieh dir was Dunkles an!", rief er ihr noch hinterher, als sie in Richtung ihres Zimmers hüpfte. Und Regenschirm nicht vergessen, kam es ihm in den Sinn.
Doch als sie wenig später vor die Tür traten, empfing sie bester Sonnenschein.
"Wetterfühlig, wie?", bemerkte Ferdinand und bedachte seinen selig lächelnden Dämon mit einem halbbelustigten Seitenblick.
"Ja", bestätigte Lilu glücklich und blinzelte in die Sonne.
"Na schön", räusperte sich der Pfarrer, "das ist trotzdem kein Picknick. Ein bisschen mehr Ernst jetzt, bitte."
"Okay ..."
Lilu verschwand möglichst unauffällig in der Kirche, wo die Trauernden vor dem offenen Sarg still beteten, und Ferdinand empfing die gefassten Hinterbliebenen am Kirchenportal.
Es war eine bewegende Zeremonie. Kein Auge blieb trocken, als der Pfarrer einfühlsame Worte fand, mit denen er den Verstorbenen würdigte.
Dann wurde der Sarg geschlossen und auf eine ochsenbespannte Kutsche gehoben, und der Trauerzug setzte sich in Bewegung. Die Prozession zum Friedhof, der auf einer kleinen Anhöhe kurz hinter dem Ortsausgang lag, wurde von der kleinen Blaskapelle der Dorfgemeinschaft musikalisch begleitet, und unter

Tränen und weiteren tröstenden Worten bettete man den Haidacher Seppl zu seiner letzten Ruhe.
Lilu stand fernab der vielen Trauergäste im Schatten einer alten Kastanie und beobachtete das Geschehen fasziniert.
Zum anschließenden Leichenschmaus wurde sie dann aber ebenso eingeladen wie Hochwürden, der die Zeremonie so ergreifend und wunderbar abgehalten hatte.
Es war bereits Nachmittag, als die Beiden sich endlich auf den kurzen Heimweg quer über den Dorfplatz machten.
"Und, bist du jetzt zufrieden?", erkundigte sich Ferdinand, erleichtert darüber, dass der Dämon trotz aller Gebete seine hübsche Form beibehalten hatte.
"Ja ...", hauchte Lilu verzückt, "du warst toll!"
"Danke. Es war trotzdem eine ... eine Beerdigung."
"Ich weiß. Du warst trotzdem toll."
"Ich mach das nicht so gerne, weißt du?", fiel ihm auf, dass er sich in ihrer Anwesenheit gar nicht so alleine und traurig gefühlt hatte wie sonst immer bei solchen Anlässen.
"Aber dafür bist du da. Die Menschen brauchen doch so jemanden wie dich ..."
"Ich würde lieber öfter Taufen machen. Aber das kann ich hier im Dorf wohl vergessen. Hier gibt's kaum noch Kinder, nur alte Leute ..."
"Hm ...", hakte sie sich bei ihm unter und fasste mit der freien Hand tröstend seinen Arm.
Sie erreichten das Pfarrhaus und gingen gleich in die Küche für einen abschließenden Kaffee.

"Warum hast du dich eigentlich so ganz allein so weit weg von uns gestellt auf dem Friedhof?", wollte Ferdinand wissen, während er den Vollautomaten mit Wasser befüllte.
"Ich war doch gar nicht allein. Der Seppl stand direkt neben mir."
"*Lilu*", starrte er sie erschrocken und zugleich mahnend an, "das ist nicht *lustig*! Der Seppl ist *tot*!"
"Und darf er deswegen nicht mal bei seiner eigenen Beerdigung dabei sein?! Es hat ihm doch auch gut gefallen!"
Ferdinand wusste nicht, was er darauf erwidern sollte. Der Dämon, wenn er denn einer war, führte ihm gerade seinen eigenen Glauben vor Augen – die Auferstehung der Toten, das Ewige Leben ... – und forderte damit wohl zu Recht, gleichfalls als himmlisches Wesen mit übernatürlichen Eigenschaften anerkannt zu werden. Das vergaß der Pfarrer nämlich bisweilen, denn Lilu wirkte meistens so überaus menschlich ...
"Und ... und wo ist er jetzt?", fragte er zaghaft.
"Im Himmel. Alles ist gut", beruhigte ihn das Mädchen, als wäre dies das Alltäglichste auf der Welt, während die Kaffeemaschine schrill die Bohnen zerrieb und mit Hochdruck braune Brühe fabrizierte.
Nachdenklich schweigend nahm Ferdinand seine Tasse entgegen und begab sich in sein Arbeitszimmer, wo die Bücher auf ihn warteten.

Wie schon in der Nacht davor träumte Ferdinand jede Menge wirres Zeug, und das ganz ohne Lilus Anwesenheit.

"Was machst du grad?", überraschte sie ihn dann, als er unter der Kastanie auf dem Friedhof die Bücher seines Vorgängers auszugraben versuchte ... doch das Erdreich gab ständig nach und füllte das mühsam ausgehobene Loch wieder auf ...

Fast schon dankbar, dass sie aufkreuzte, stützte er sich verschwitzt auf den Spaten und besah seinen bescheuerten Traum. "Nichts wichtiges ...", murmelte er verlegen, "und wo warst du?"

"Unterwegs. Willst du's sehen?"

"Weiß nicht. Erstmal duschen vielleicht?"

"Okay!"

Schwupps! befanden sie sich im Badezimmer des Pfarrhauses – Träume eben – und Lilu ließ Wasser in die Wanne ein.

Ferdinand stand bewegungslos daneben und wehrte sich auch nicht, als sie ihn bis auf die nackte Haut auszog.

"Finger weg", meinte er nur vorsichtshalber.

"Jaja, Privatsphäre, ich weiß schon", maulte der Dämon unlustig, "dann beeil' dich wenigstens ..."

Mit einem beklommenen Gefühl stieg Ferdinand unter Lilus Augen in die Badewanne ... diese Augen ... die so manches gesehen hatten, von dem er lieber keine Ahnung hatte ...

Sie setzte sich zu ihm auf den Rand der Wanne und plätscherte im Wasser herum. Immer höher türmte sich

bald der Schaum, und der Pfarrer bekam es mit der Angst zu tun! Roch es etwa nach Schwefel?!
"Lilu!", rief er in Panik.
Im nächsten Moment stand er nackt und vor Badewasser triefend vor Lilu und ließ sich von ihr mit einem Handtuch trockenrubbeln.
"Da lass' ich dich *einmal* selbst träumen ...", schimpfte sie belustigt mit ihm, "und was für ein Quatsch dabei rauskommt!"
"Wenn du das übernimmst, läuft es für mich auch nicht unbedingt besser!", konterte er schlagfertig.
Sie grinste ihn breit an und reichte ihm frische Klamotten.
"Kannst du Motorrad fahren?", fragte sie, während er sich unbeholfen anzog.
"Ja, warum?"
"Komm mit!"
Schon standen sie vor der Haustür, und Ferdinand konnte sich gerade noch die Hose zuknöpfen und hoffen, dass kein Nachbar ihn so gesehen hatte.
Auf der Straße stand ein beeindruckendes Motorrad!
"Das ist doch Valentins Harley!", staunte er.
"Upps, wie kommt denn die hierher!", kicherte Lilu, "Komm, steig auf, es geht los!"
"Ohne Helm?!", folgte er ihrer Aufforderung skeptisch.
"Live to ride, ride to live!", jubelte sie und schwang sich hinter ihn.
Donnernd erwachte das Bike zum Leben.
"Wohin?"
"Die Straße runter, Richtung Stadt!", gab sie Anweisung und schmiegte sich behaglich an seinen Rücken.

Bald hatten sie das Dorf hinter sich gelassen und nahmen die Kurven und Anhöhen ohne Mühe auf dem kraftvollen Gefährt, immer den Fahrtwind im Gesicht.
"Halt da vorne mal an!", zeigte Lilu auf die Einmündung eines schmalen Weges, der trotz Asphaltierung die Bezeichnung Straße nicht verdiente.
Die Harley spuckte abenteuerlustig und gab ein beleidigtes Stöhnen von sich, als ihre Gabel sich beim Bremsen versenkte. Dann blubberte der Motor abwartend vor sich hin.
"Weißt du, wo wir sind?", fragte Lilu und zeigte auf den Hof, der weiter hinten direkt an dem bröckeligen Wirtschaftsweg lag.
Weiden und Ackerland umgaben ihn, und ein langgestreckter Neubau für die Milchkühe kündete von den Investitionen, die der Bauer vor nicht allzu langer Zeit hoffnungsfroh getätigt hatte.
"Das ist der Hintermeierhof!", erkannte Ferdinand das Anwesen.
Hinter den Feldern begann auf mäßig ansteigendem Terrain der Forst, den dieser üble Zeitgenosse Toni – oder besser dessen bedauernswerte Frau – von der Vroni geerbt hatte.
"Genau. Was fällt dir auf?"
"Äh ..."
"Okay – schau mal jetzt!"
Die Landschaft veränderte sich schlagartig. Der schmale Weg wurde zu einer gutausgebauten, zweispurigen Straße, der Hof und das Melkhaus verwandelten sich in einen wahren Koloss von Gebäude – ein Hotel vielleicht? – nebst Sportanlagen und weiterer gedrun-

gener Häuser, und der Wald lichtete sich und machte Platz für einen exklusiven Golfplatz.
Von der Stadt her kommend bog ein teures Cabrio in die Zufahrt ein. Am Steuer saß der Toni, und auf dem Beifahrersitz die kokett lachende blonde Frau von letztens.
"Das ist es, was er vorhat!", wisperte Lilu vorwurfsvoll.
"Aber ... aber ..."
"Der Hof ist im Weg. Da soll ein teures Golfhotel hin. Und die Anbindung an die Landstraße hier ... das geht nicht ohne Einwilligung des Anliegers!", erklärte der Dämon mit einem bösen Lächeln auf dem hübschen Antlitz.
"Aber woher hat er das Geld?!"
"Da kommt die Gundi ins Spiel ...", wusste Lilu.
"Gundi? Wer ist Gundi?!"
"Gundula von Hohenstein. Die Investorin. Sie und ihre reichen Freunde ..."
"Die blonde Frau?"
"Ja. Die Resi weint sich die Augen aus vor Gram ...!"
"War sie deshalb nicht in der Kirche?!"
"Sie ist völlig fertig mit den Nerven. Und sie schämt sich so!"
"Oh mein Gott ...!"
"Naja, jetzt weißt du alles. Lass uns zurückfahren, ehe dein Wecker klingelt ..."
Genug gesehen fürwahr. Der Sand spritzte unter dem durchdrehenden Hinterrad, als Ferdinand wütend eine Spur zu heftig anfuhr.

Am Donnerstagabend tagte der Gemeinderat in einer außerordentlichen Sitzung.
Ferdinand hatte es nicht ausgehalten und die Herren eingeladen. Zuvor hatte er mehrmals lange mit seiner Schwester telefoniert. Die gewiefte Architektin kannte so manchen, der jemanden kannte ... und fand zuguterletzt heraus, dass Lilus Vision Hand und Fuß besaß. Ein renommiertes Architekturbüro hatte wohl auf der Stadt einen vorläufigen Antrag eingereicht – Golfhotel Huber, so ein Zufall – und harrte nun der Überprüfung durch die Behörde.
Was das für das kleine Dorf bedeuten mochte, ließ sich nur erahnen – vielleicht ein Zugewinn an touristischen Einnahmen, aber auf jeden Fall den Verlust der idyllischen Ruhe und beschaulichen Nachbarschaft, sowie ein übermäßig hohes Verkehrsaufkommen, für das der kleine Ort einfach nicht ausgelegt war.
Vorsichtig unterbreitete der Pfarrer seinem Gemeinderat, was ihm da zugetragen worden war, immer darauf hinweisend, dass es sich um wenig mehr als ein bloßes Gerücht handelte, es aber sehr wohl den Tatsachen entspreche, dass der Huber die Not seines Schwagers ausnutzen wollte, um an dessen Besitz zu kommen.
Die Bauern waren brüskiert! So ein Frevel! Und das in ihrer Gemeinde! Und den Huber konnt' hier noch nie einer leiden! Na der durfte sich auf was gefasst machen!
Ferdinand war es im Vorfeld nur zu bewusst gewesen, dass er von nun an das Gerede nicht mehr würde aufhalten können. Er hatte lange überlegt, ob es vernünftig war, die Absichten des Hubers aufzu-

decken, doch wusste er sich nicht anders zu helfen. Zu wenig war ihm das Gefüge der Dorfgemeinschaft vertraut, und allein vermochte er nicht, dem Hintermeier nachhaltig zu helfen.

So kam denn auch gar nicht von ihm der Vorschlag, das Spendenkonto, das seinerzeit für die Renovierung der Dorfkirche eingerichtet worden war, zu beleihen; da mussten schließlich mehrere Tausend Euro drauf liegen ...

Die Herren nickten einmütig ihre Zustimmung, aber Ferdinand beschlich ein ganz ungutes Gefühl. Mehrere Tausend Euro? Was waren denn *mehrere*? Wenn er sich recht erinnerte, waren es auf dem letzten Kontoauszug schlappe Viertausendnochwas gewesen, deswegen raufte er sich doch die Haare, wie er davon die Empore instand setzen sollte ...

Der Alfons ließ abstimmen, und das Ergebnis war einstimmig – der Herr Pfarrer sollt' bitt'schön nach dem Spendenkonto schauen und das Geld bei Bedarf dem Hintermeier zur Verfügung stellen!

Die Renovierung – jo mei', jetzt hatten's so lang damit gewartet, und solang' der Turm nicht über ihnen einstürzte ...

Noch am gleichen Abend hockte Ferdinand sich wieder an die Bücher, bemühte sein Online-Banking, rechnete nach, überlegte und verzweifelte ... allein, das Geld wurde nicht mehr. 4023 Euro und 16 Cent.

Der Alfons war bestürzt, als er davon erfuhr!

"Das gibt's doch gar net! Mir spar'n fei seit Jahren!"

Doch auch die Einsicht in die verworrenen Aufzeichnungen des verstorbenen Pfarrers erhellte ihn nicht – er

verstand davon offenbar noch weniger als Ferdinands Vorgänger.
Und während sich der neue Pfarrer redlich abmühte, Licht ins Dunkel und das Geld zurückzubringen, kursierten immer neue Gerüchte im Dorf.
So wild wurden da die merkwürdigsten Szenarien heraufbeschworen, dass man sogar in höheren Kirchenkreisen auf die *missliche* Lage aufmerksam wurde und – unter anderem nach einem ernstzunehmenden, anonymen Anruf mit einer sonderbaren Andeutung, was die junge Haushälterin betraf – den Dekan beauftragte, den Ort zu bereisen und nach dem Rechten zu schauen.

"Ferdinand?", störte Lilu ihren Gebieter nur ungern bei der Schatzsuche, "Das war eben ein Anruf vom Ordinariat. Ein Dekan Hartmann kommt morgen vorbei. Was bedeutet das?"
Der Pfarrer sah hoch.
"Der Dekan? Was will der hier?", schwante ihm nichts Gutes.
"Weiß nicht? Was macht so ein Dekan?"
"Er kuckt ob alles richtig läuft. Ob die Bücher stimmen zum Beispiel. Oh Scheiße ...!" Das galt eben diesen Büchern auf seinem Schreibtisch.
"Na prima ...", zog Lilu die Augenbrauen hoch.
"Du sagst es ..."
Es konnte wohl nicht schlimmer kommen.
Tat es aber.

Der Dekan Hartmann fuhr am frühen Nachmittag des nächsten Tages pompös vor und bedachte den jungen Pfarrer und die noch jünger wirkende Haushälterin mit misstrauischen Blicken. Dann verschwand er bis zum Abendessen mit Ferdinand in dessen Arbeitszimmer.
Er sah wohl, dass da versucht wurde, Ordnung in ein unverschuldetes Chaos zu bringen, aber das schien ihm bald zweitrangig.
Vielmehr wollte er wissen, ob mit der neuen Haushälterin alles in Ordnung sei.
"Läuft alles", beeilte sich Ferdinand in betont lockerem Ton zu versichern, "sie kocht ganz gut und versteht schnell, was man von ihr will ..."
"Tut sie das?", entgegnete der Dekan ölig.
Nach dem Abendessen und dem dritten Glas Weißbier wurde er direkter und bat den Pfarrer auf einen Spaziergang.
"Nun, mein Sohn, Sie wirken etwas ... angespannt ... – liegt es vielleicht doch an dem jungen Madl?"
"Nein nein – *nein* ..!", wusste Ferdinand erst gar nicht, wie er dem begegnen sollte.
"Das ist schon eine große Versuchung, so ein hübsches, junges Ding ...!"
"Ja, aber ..."
"Seine Exzellenz ist besorgt, mein Freund! Er möchte, dass Sie wissen, dass wir Ihnen alle Hilfe anbieten wollen, derer Sie womöglich bedürfen!"
"Das ... das ist sehr nett, danke ... aber ..."
"Wir alle wissen doch, dass das Mädchen ... nun, wie soll ich sagen ... sie ist wohl nicht ganz das, wonach es aussehen soll!"
Da hatte er ja sowas von Recht!

Und weil Ferdinand nun wirklich seit geraumer Zeit unter einer enormen nervlichen Belastung stand und sich zuweilen sehr hilflos und verloren vorkam, brach es nun mit einem Mal aus ihm heraus, denn er glaubte, mit seiner Lage nicht mehr allein fertig zu werden!
"Herr Dekan! Bitte – sie tut nichts Unrechtes! Aber bitte ... ich möchte gerne die Beichte ablegen!"
Der Vorgesetzte witterte seine Chance und legte väterlich den Arm um den Gefallenen.
"Selbstverständlich, mein Sohn. Was bedrückt dich ..."
Da sprudelte es nur so aus Ferdinand heraus. Wie er immer wieder Lilus Reizen *fast* erlag! Was sie mit ihm machte! Was sie behauptete zu sein, und was er alles beobachtet hatte, das ihre Behauptungen stützte!
Dekan Hartmann hörte sich alles mit steinerner Miene an.
"Ein *Dämon*, sagen Sie? Ist das nicht ein bisschen ... weit hergeholt?!" Sein skeptischer Blick sprach Bände.
"Wenn Sie wüssten! Sie hat Hörner, und einen Schwanz, und ... und sie erscheint mir im Traum und versucht mich zu verführen ... weil ... weil sie ein Succubus ist, verstehen Sie?"
"Hatten Sie unzüchtigen Kontakt mit ihr?", war alles, was den Kirchenmann interessierte.
"N-nein ...!", wies Ferdinand weit von sich, "Es sind ... *Träume!*"
"Träume?" Der Dekan räusperte sich und fuhr fort, "Und haben Sie darin den Beischlaf mit ihr praktiziert?"
"Oh nein! Das nicht!"
"Sondern?" Seine gestrenge Miene verlangte eine ehrliche Antwort.

"Höchstens ... die ... die Fellatio ...", murmelte Ferdinand beschämt.
"Mein Sohn! Das ist ... *unerhört!*"
"Ich weiß! Es tut mir leid! Ich stehe vor Ihnen in Reue und Demut ...!"
"So will ich dir die Absolution erteilen! Aber die Sache muss ein Ende haben! Das Mädchen muss gehen! Sie kann gleich morgen mit mir in die Stadt zurückfahren!"
"Ja ...", flüsterte Ferdinand traurig. Er hatte es geahnt. Aber seine Buße ging vor.
Sie standen noch eine Weile leise ins Gebet vertieft beieinander, und nachdem Ferdinand Abbitte geleistet und der Dekan ihn der Vergebung des Herrn versichert hatte, machten sie sich schweigend auf den Rückweg ins Pfarrhaus, wo der Dämon dem ehrenwerten Gast das Zimmer für die Nacht gerichtet hatte.

Was sollte diese Nacht unter solchen Umständen bringen?!
Ferdinand war seinen Träumen hilflos ausgeliefert! Er träumte, wie er auf dem Rücken in seinem Bett lag, unfähig sich zu rühren, und es erdulden musste, wie Lilu, nackt und wunderschön, auch ihn genüsslich entkleidete, ihn von oben bis unten mit heißen Küssen bedeckte, ihn unbarmherzig der gerade erst vergebenen Fellatio unterzog, und sich dann schamlos auf seinen entblößten Schoß setzte, um so den Beischlaf ihrerseits von ihm zu erzwingen!

Oh Gott!
Als sie dabei seine Handflächen aufreizend seufzend gegen ihre Brüste presste, war es um ihn geschehen! Unaufhaltsam kam der Moment, in dem sie ihn zu ihrem willfährigen Sklaven machte, und er ihr voller verbotener Lust den Samenraub gestattete!
Mit einem Aufschrei erwachte Ferdinand!
Er zitterte am ganzen Leib und war schweißgebadet. Nicht nur das. Seine Pyjamahose war da, wo sich eben noch Lilu im Traum ungezügelt geräkelt hatte, nass und klebrig.
"Scheiße!", fluchte er entsetzt. Was hatte sie sich *dabei* nur gedacht? Sollte er gleich hinübergehen und sich beschweren?
Nein. Das half doch nicht. Erstmal Licht anmachen.
Keuchend raffte er sich aus dem Bett und wühlte im Schrank nach einer neuen Hose.
Als er sich erfolgreich gesäubert und umgezogen hatte, zwang er sich, ruhig durchzuatmen. Dann schnappte er sich seine Bibel und fing an, darin zu lesen.
Morgen würde Lilu für immer von ihm gehen. Was geschehen war, war geschehen. Wenn er daran nicht verzweifeln wollte, musste er die entfesselten Energien in gottgefällige Bahnen lenken!
Er las und las, und als ihm die Augen vor Müdigkeit zufielen, begann er zu beten. Er flehte zu seinem Herrn, bat um Vergebung, bettelte um Erleuchtung, versprach sein Ein und Alles, um den einzig wahren Weg der Tugend aufgezeigt zu bekommen.
Der Herr hörte sich alles geduldig an und erlöste seinen unglücklichen Diener mit einer wohltuenden Portion traumlosen Schlafes.

Am Morgen erwachte der Pfarrer merkwürdig ausgeruht. So war es denn entschieden. Der Dämon hatte seinen Spaß gehabt und würde nun Abschied nehmen. Es war besser so.
In der Küche war Lilu schon damit beschäftigt, frohgemut den Frühstückstisch zu decken.
"Guten Morgen, mein Gebieter, hast du gut geschlafen?", begrüßte sie ihn freudestrahlend.
"Na, das weißt du doch wohl selber!", fand er es gar nicht lustig.
"Echt jetzt? Woher denn? Ich war ja wohl nicht dabei!", wies sie ihn noch immer gutgelaunt zurecht.
"Nicht *dabei*?! Soll das ein Scherz sein? Kann ich gar nicht drüber lachen!"
Nun wurde sie stutzig und kam besorgt zu ihm.
"Ferdinand, von was sprichst du?!"
"Jetzt tu doch nicht so!", brach es aus ihm heraus, "Wer hatte denn in der Nacht Sex mit mir? ... in ... in meinem Traum natürlich?"
Lilu starrte ihn mit offenem Mund völlig entgeistert an.
"Also ich jedenfalls nicht ...", kam es ihr erstaunt über die Lippen.
"Lilu! Es reicht!"
"Ferdinand, ich war nicht bei dir! Hast du etwa geträumt, wir beide hätten ... – du hast in deinem Traum mit mir *geschlafen*?! *Ohne mich*?!" Nun klang sie regelrecht entrüstet.

"Also das ist ja jetzt wohl ...!", fand er keine Worte mehr.
Ihre Augen zogen ihn in ihren Bann. "Erzähl mir davon", hauchte sie auf einmal verführerisch.
"Soweit käm' es noch!", begehrte er auf.
"Nein nein, sag mir wie es war ..."
"Du warst *dabei*, Lilu! Du brauchst es gar nicht abstreiten! Du hast dich über mich *hergemacht*, und dann hast du dich *auf mich* gesetzt und ... und *getan* was du eben *tust*!"
"Aha. Da haben wir es ja."
"Was?!"
"Ich war das nicht! Du hast einfach ohne mich geträumt!"
"Wenn du kein Dämon wärest, würde ich dir das sogar fast glauben!"
"Ferdinand! Daran kannst du es doch schon sehen! Ich bin ein *Succubus*!"
"Eben!"
"Und was macht ein Succubus beim Sex? Na?! Er liegt drunter! *Drunter*, Ferdinand! *Succumbere*! Informier' dich gefälligst, ehe du so einen Scheiß mit mir träumst!"
Der Pfarrer starrte seinen so leidenschaftlich plädierenden Dämon wie vom Donner gerührt an.
"Und ... wer war es dann?", stammelte er fassungslos.
"*Ich* jedenfalls nicht. Leider. *Ach Schatz*", erkannte sie seine Not und strich ihm mitleidig durch das Haar, "es war nur ein Traum. Ein ganz normaler, völlig unbedeutender, harmloser Traum!"
"Und wo warst du ...?", flüsterte er verwirrt, und fast konnte man meinen, er sei enttäuscht darüber, dass sie

nun doch nicht dabei gewesen war, als er mit ihr zu jener gottgewollten Einheit verschmolz.
"Das, mein Liebster, erzähle ich dir nachher", versprach sie geheimnisvoll und blickte zur Tür, wo keine drei Sekunden später die Gestalt des müde und fahrig wirkenden Herrn Dekan auftauchte.
Als der Lilu ausmachte, wurde er blass.
"Guten Morgen!", flöteten die beiden Anwesenden unschuldig.
"Bitte nehmen Sie Platz", lud Lilu den Würdenträger freundlich ein, "es gibt Rührei von unseren eigenen Hühnern!"
Dekan Hartmann folgte automatisch und starrte von Einer zum Anderen.
Lilu füllte ihm den Teller. "Guten Appetit!"
Dann ging sie zur Kaffeemaschine und leierte einen Kaffee heraus.
"Bitte schön!", stellte sie ihm die Tasse fröhlich hin, beugte sich zu ihm und flüsterte ihm ein paar Worte ins Ohr.
Der letzte Rest von Farbe wich aus seinem Gesicht, und er gaffte sie mit offenem Mund an.
Lilu drehte sich kokett zur Seite, und es war nur zu offensichtlich, dass ihr Schwanz ihn dabei unter dem langen Rock am Bein streifte.
Sofort fuhr der Dekan hoch, japste nach Luft und fasste sich am Kragen.
"Es ... es ist spät! Ich muss los! Hab ... hab noch viel zu tun heute! Gott zum Gruß!"
Mit diesen Worten stieb er davon, krallte sich im Hinauseilen noch seine Tasche und den Autoschlüssel, und weg war er!

"Herr Dekan? Was ist nun mit ...?", rief ihm Ferdinand völlig perplex hinterher und ließ den Satz unvollendet.
"Lass ihn. Der tut niemandem was."
"Lilu? Was ... was hast du ihm geflüstert?!"
"Willst du's echt wissen?"
"Ich bitte darum!"
"Also gut – ich hab ihm gesagt, wenn er uns irgendwie blöd kommt, dann wird es irgendwie ganz schnell bekannt, dass er da gewisse Fotos auf seinem Computer hat, die doch eigentlich weder für ihn noch für die Öffentlichkeit bestimmt sind ..."
"Lilu ...?"
"Ich war letzte Nacht bei ihm."
"*Was*?!"
"Ja. In seinem Büro. Ich hab mich auf seinen Schoß gesetzt, und wir haben ein bisschen rumgemacht ..."
"Rumgemacht ...?"
"*Rumgemacht*! Dann hab ich mir die Fotos zeigen lassen."
"Was für Fotos?"
"Das willst du nicht wissen. Irgendwelche Fotos eben."
"Und dann?"
"Oh *Ferdinand*!"
"Sag es mir!"
"Dann ... dann ... ich hab ihm meinen Schwanz gezeigt und er ... naja ... du weißt schon ...!"
"*Lilu* ...!"
"Ich hab ihm einen geblasen und gut ist. Er weiß jetzt wer ich bin. Er wird die Klappe halten, denn er hat solche Angst davor, dass jemand rausfindet, was er da für ein schmutziges, kleines Geheimnis hat!"
"Lilu ..."

"Und er weiß, dass ich ihn *jederzeit* heimsuchen kann!" Ihr Lächeln war diabolisch.
Ferdinand starrte den Dämon an. In seinem Kopf schwirrte es. Vielleicht war es besser so, denn wenn das Karussell seiner Gedanken anhielt, gab es nichts mehr, was seinen Blick von all diesen verstörenden Dingen ablenken konnte!

So war auch dies überstanden.
Nachdenklich hockte der Pfarrer am Frühstückstisch und stocherte in seinem Rührei herum, während Lilu unbeeindruckt den unberührten Teller des Dekans leerschaufelte.
Ferdinand sah ihr eine Weile zu.
"Lilu?"
"Hm?"
Er nahm ihre Hand in seine und hielt sie ganz fest. Führte sie an den Mund und küsste sie, schmiegte seine Wange daran.
"Was hast du denn?", fragte das Mädchen erstaunt.
"Ach ... weißt du ... ich dachte ... dachte du gehst weg von hier. Der Dekan ... hat es eigentlich befohlen ..."
"Das kannst du knicken. Ich bin hier noch nicht fertig."
"So?"
"Jap!"
"Lilu?"
"Hm?"
"Ich ... ich bin sehr froh, dass du ... hierbleibst. Bei mir."

Da zog sie seine Hand zu sich, um sie ihrerseits zu küssen.
Er ließ sie eine Zeit lang gewähren, dann räusperte er sich, "Ich glaube das genügt jetzt ...", und nahm seine Hand verlegen zurück.
Lilu erwiderte seinen Blick entspannt.
"Alles wieder okay?", hielt sie keck den Kopf schief.
Ferdinand musste unwillkürlich lächeln, aber er wurde gleich wieder ernst.
"Weißt du, der Hartmann hat sich eigentlich nur dafür interessiert, ob ich hier mit dir irgendwas Verbotenes mache."
"So ist er halt ..."
"Ich frage mich, ob ihn jemand auf uns ... angesetzt hat, verstehst du was ich meine?"
"Bestimmt der Huber, der kuckt immer so komisch wenn er mich sieht."
"Ich möchte eigentlich ... *niemandem* Anlass geben, so über uns zu denken oder gar zu reden!"
"Und jetzt, wo das aus der Welt ist, kannst du dich wieder um die Bücher kümmern und das Geld für den Hintermeier finden!"
In der Tat, dem stand nun nichts mehr im Weg. Wäre das nicht sogar ein mögliches Motiv für den Toni gewesen?
"Nachher. Heute Vormittag, dachte ich, könnte ich eigentlich die Kirche putzen, jetzt, wo der Dekan doch schon weg ist."
"Die *ganze* Kirche?!", fragte Lilu entsetzt.
"Nein, ein bisschen Staub wischen und fegen und die Bänke saubermachen ..." Den Rest erledigten ja die Traudl und ihre Freundinnen.

"Hast du keine Putzfrau dafür?"
Auch Ferdinand konnte diabolisch kucken! "Also wenn du so lieb fragst, darfst du mir natürlich dabei helfen!"
Sie spielte die Entrüstete, aber dann ging sie doch freudig mit hinüber und schrubbte mit ihm zusammen die Bänke blitzblank und wedelte ehrfürchtig den Staub vom Heiligen Wendelin und den Figuren der vier Evangelisten.

Weil sie so fleißig gewesen waren und Lilu keine Zeit zum Kochen gehabt hatte, gingen sie kurzerhand zum Mittagessen hinüber in den Goldenen Adler.
Dort saßen auch der Alfons und der Gustl, die mit dem Wirt Johann gut befreundet waren, und sie kamen schnell ins Gespräch.
Die Ratsherren zeigten sich angenehm überrascht von Lilus Putzeinsatz in der Kirche – "mir ham fei scho' gedacht Sie gangat net so gern da hi'" – und schimpften auf den Huber Toni, der so dummes Zeug über das hübsche Madl redete.
"Und der Herr Dekan ist scho' fort?", wunderte sich der Alfons, der eigentlich als Gemeinderatsvorsitzender gerne mit ihm gesprochen hätte.
Die Bedienung kam und wollte wissen, was sie zu trinken wünschten – "Cola!" und "A Weißbier bittschön" – und dann ging es um ganz andere Dinge.

Lilu studierte derweil die Speisekarte und betrachtete vor allem den majestätischen Vogel mit seinen mächtigen Schwingen auf dem abgenutzten Ledereinband.
"Du, Ferdinand", stupste sie ihren Gebieter unauffällig an, "was ist das?" Sie zeigte auf die Abbildung.
"Ein Adler. So heißt das Lokal doch. Die gab's halt früher in den Bergen."
"Ah. Da drüben in der Kirche war auch sowas. Die eine Figur, war da nicht auch ein Adler dabei?"
"Ja, das ist das Zeichen für den Evangelisten Johannes."
"Ach so?"
"Ja. Die Bauern haben wohl diese Figuren gestiftet, vor vielen Jahren. Ich meine der Bauer hier vom Goldenen Adler war daran beteiligt, der alte Johann Beygel ... die heißen hier alle so."
"Ah. Und deshalb ein Johannes mit Adler."
"Irgendwie so war es wohl."
"Wieder was gelernt."
"Aber frag mich nicht, was zuerst da war, die Figur oder das Wirtshaus!"
Da kamen auch schon die Getränke, und dann hieß es Essen bestellen.
Bei Schnitzel und Pommes dachten sie nicht länger an die Folklore ihrer Gemeinde; erst später, auf dem Heimweg, fielen Lilu noch ein paar Fragen ein.
"Du, Ferdinand, wer sind diese Evangelisten eigentlich?"
"Das sind die, die uns von Jesus erzählen, im Neuen Testament. Von seinem Leben, seinem Wirken, was er gepredigt hat, wie er gestorben ist, und vor allem von

seiner Auferstehung. Ohne sie wüssten wir das alles gar nicht."
"Da haben sie ihn gekannt?"
"Nein, das wohl nicht. Obwohl – bei Johannes ist man sich nicht ganz sicher. Der mag sogar ein Jünger Jesu gewesen sein. Ansonsten haben sie aufgeschrieben, was ihnen erzählt wurde ... von Leuten, die Jesus tatsächlich gekannt haben mochten. Das war damals so üblich."
"Jaja, ich weiß ..."
"Dieser Johannes, zum Beispiel, der hat das mit Bethanien aufgeschrieben, weißt du noch? Wie Jesus Lazarus von den Toten erweckte."
"Oh! Das will ich lesen!"
"Johannes, Kapitel elf."
Und weil der Pfarrer so davon angetan war, einem Dämon Einblicke in die Heilige Schrift gewähren zu können, beschlossen sie, dass Lilu sich zum Lesen zu ihm ins Arbeitszimmer setzen durfte, während er weiter die Buchhaltung ins Reine brachte.

Lilu verschlang das Johannesevangelium förmlich.
"Spannender als jeder Krimi!", befand sie beeindruckt, "Und der Judas kommt voll schlecht dabei weg!"
Ferdinand schaute kurz hoch. Judas? Der das Geld der Jünger veruntreute ... – was hatte sich der alte Pfarrer nur dabei gedacht, als er die Bücher der Gemeinde fälschte und Geld für sich abzwackte ... und somit

Christus auf dieselbe abscheuliche Art verriet wie jener unglückselige Gefährte Jesu?
"Schön dass es dir gefällt", bemerkte er müde, "ich wünschte ich hätte hier auch ein bisschen Spaß ..."
"Wollen wir tauschen?"
"Ach ... Lilu ..."
Doch da war sie auch schon aufgesprungen und zu ihm gehüpft.
"Lass mal sehen ...", hockte sie sich ungeniert auf seinen Schoß.
"Lilu, was ...", wusste er nicht recht, wie er sich von ihr befreien sollte.
"Halt mal", drückte sie ihm die aufgeschlagene Bibel in die Hand und beugte sich über die Unterlagen auf seinem Schreibtisch.
"Lilu, davon verstehst du nichts!"
"Hmhm ...", antwortete sie geistesabwesend, denn sie war schon in die Aufzeichnungen vertieft.
Im nächsten Moment schnappte sie sich einen Stift und den Notizblock, und dann ging sie über die aktuelle Seite. Kritzelte eine Notiz, umkringelte eine Buchung, blätterte zurück, tat dort genau das gleiche, und so wie es aussah, verstand sie wohl eine ganze Menge!
"Lilu? Was machst du da ...?", wollte der verblüffte Pfarrer wissen.
"Kuck hier", zeigte der Dämon auf verschiedene Buchungen mit den eben vorgenommenen Markierungen, "da hat er wohl was unterschlagen! Immer wenn dieses Kürzel da vornedran steht ... ist schon merkwürdig!"
Ja war es denn zu fassen?! Lilu stieg erfolgreich durch das Chaos und verfolgte die verschlungenen Wege, mit

denen der Untreue seit Jahren seine Sünden zu verschleiern versucht hatte!
"Wo-woher kannst du das?", stammelte Ferdinand ungläubig.
"Das hab ich in New York gelernt ...", erwiderte sie beiläufig und rechnete und kritzelte unbeirrt weiter.
"New York ... Wall Street ...", erinnerte er sich.
"Möchtest du, dass ich das alles durcharbeite?", fragte Lilu unvermittelt.
"Wenn ... wenn du magst ..."
"Kein Problem. Dann musst du dich aber ums Abendessen kümmern!"
"Okay ...!"
Kopfschüttelnd ließ Ferdinand seinen Dämon allein, damit der ungestört seine Arbeit tun konnte, und richtete die abendliche Vesper.
Es stellte sich heraus, dass Lilu weitaus weniger Probleme als er hatte, die gefälschte Buchhaltung zu korrigieren, und die Summen, die sie dabei in den folgenden Tagen wiederentdeckte, ergaben bald einen unglaublichen Betrag.
Allein – wo war das Geld geblieben?!
Sie arbeitete sich immer tiefer in die Bücher hinein, während Ferdinand sich mit dem Hintermeier und dem Alfons im Adler traf, um sich mit ihnen zu beraten.
Das Finanzamt hockte dem verzweifelten Erben seit Tagen im Nacken und beharrte auf den völlig legalen Forderungen, zu denen er sich noch immer nicht hatte äußern können. Er war ja dankbar für das Angebot der Gemeinde, ihm das nötige Geld zu leihen, doch musste es dazu ja erst einmal gefunden werden!

Sie beschlossen, zunächst wenigstens die vorhandenen 4000 Euro zu überweisen, damit die Behörde nicht etwa auf die Idee käme, einen Mahnbescheid zu beantragen. Gleich am nächsten Tag wollte Ferdinand in die Stadt fahren, um auf der Bank alles Notwendige zu erledigen.

Wie sie noch am Unterzeichnen des Gesprächsprotokolls waren, kam der Huber Toni herein und ging zu seinen Kumpanen am Stammtisch. Immer wieder hatten die zu den drei Männern von der Gemeinde geschielt, und auch der Toni tat es ihnen nun gleich. Dabei hörte man deutlich, wie er, mutig durch die Anwesenheit seiner Entourage, böse Worte über die Entwicklung rund um die Dorfkirche verlor. Laut Übersetzung ins Hochdeutsche fielen einige Andeutungen über die zweifelhafte Moral des jungen Pfarrers, der erst sein Liebchen zu sich ins Pfarrhaus geholt hatte – dass sich die Kirchenoberen da aber auch so offensichtlich von ihm hatten blenden lassen! – und jetzt seine Nase in Angelegenheiten steckte, die ihn nichts angingen! Aber er würde schon noch sehen, wohin das führe!

Ferdinand ließ sich nach außen hin nichts anmerken, aber innerlich kochte er vor Wut.

Er war heilfroh, als er das Wirtshaus endlich verlassen und sich auf den kurzen Heimweg begeben konnte.

Lilu saß noch immer an seinem Schreibtisch, hochkonzentriert und unermüdlich.

"Na, wie war's?", fragte sie ohne aufzublicken.

"Ach ...", fing er an und erzählte, was sich alles zugetragen hatte. Er erwähnte auch den Toni, und da schaute Lilu dann doch hoch.

"Er hat dich angeschwärzt beim Bischof, weißt du?", erklärte sie, "Aber der Herr Dekan hatte ja nur Gutes zu berichten. Mach dir also keinen Kopf wegen diesem Gauner. Sei unbesorgt – du machst alles richtig, und die Leute können froh sein, dass sie dich haben!"

"Danke, Lilu, das ist nett von dir ..." Er ließ sich in den Sessel plumpsen, auf dem Lilu vor Tagen angefangen hatte, die Bibel zu lesen, und sah in den aufgeschlagenen Seiten, dass sie im zwölften Kapitel des Johannesevangeliums einige Verse markiert hatte. Die Sache mit Bethanien ... "Und wie ist es hier gelaufen?"

"Ich hab etwas für dich ...!", platzte sie schier vor Vergnügen, sprang auf und ließ sich ohne Umschweife auf seinen Schoß fallen.

"Autsch ...", klagte Ferdinand, aber es war mehr vor Schreck.

"Kuck mal!", wedelte sie mit einem Zettel vor seinem Gesicht herum.

"Was ist das?"

"Weiß nicht, aber es lag in der Bibel. Ein Lesezeichen vom alten Herrn Pfarrer?"

Richtig, diese Bibel war, anders als die in seinem Schlafzimmer, ein Teil des Inventars des Pfarrhauses und hatte somit natürlich auch schon seinem Vorgänger zur Verfügung gestanden.

"Das ist von der Bank", murmelte Ferdinand und drehte und wendete das Papier, das der Durchschlag eines Formulars sein mochte. "Ich fahr morgen sowieso hin, da frag ich dann mal."

Lilu legte zufrieden ihre Arme um seinen Hals und strahlte ihn an.

"Was ist mit dir, mein Gebieter? Hast du Kummer?", erkundigte sie sich zärtlich, als sie seinen nachdenklichen Gesichtsausdruck bemerkte.
Er seufzte. Es tat schon gut, jemanden zu haben, den es auch wirklich interessierte.
"Ach, das mit dem Huber ... das geht mir nahe ... – so ein schlechter Mensch! Und jetzt hat er wohl Angst, dass ich ihm einen Strich durch die Rechnung mache, und ... da schickt er mir einfach den Dekan auf den Hals, und ... und dann hätt' ich um's Haar dich dabei verloren ...!", klagte er deprimiert.
"Ach Liebster, das ist doch nicht an ihm, sich zwischen uns zu stellen ...", hauchte Lilu und strich ihm über den Kopf.
Ihr Gesicht näherte sich seinem, und schon verfingen sich die Lippen der Beiden zu einem zaghaften Kuss.
"Nicht, Lilu ...", wehrte sich Ferdinand halbherzig und erwiderte ihren Kuss doch selbst.
So mochten sie beide gar nicht damit aufhören, aber dann entglitt ihnen allmählich die Kontrolle, und sie küssten sich eine Spur zu intim.
"Ah!", schreckte Ferdinand zurück.
"Tschuldigung", murmelte Lilu betreten, "war keine Absicht ..."
"Schon ... schon gut ... ich hab ja ... ich hab ja auch mitgemacht ... – aber weißt du, ich will nicht, dass der Huber Recht hat mit seinen Mutmaßungen ...!"
"Der wird sich noch wundern, der Gute!"
"Ah ja? Wird er ...?"
"Hm hm ...", liebkoste ihn der Dämon und gab sich dabei redlich Mühe, ihm dabei nicht allzu nahe zu treten.

Ferdinand ließ ihn gewähren. Er hatte keine Kraft mehr, um sich aufzuregen, und genoss es viel zu sehr, solch ungewohnte Zärtlichkeit zu spüren.
Lilu hatte so viel für ihn getan. Am Ende war es *ihr* zu verdanken, wenn sie den Hintermeier retten konnten! Und sogar in der Bibel las sie für ihn! Was war schon ein Kuss, wenn er doch der selbstlosen Liebe entsprang?

Dann kam die Nacht.
Und mit ihr Lilu und ihre Träume.
Es fing so harmlos an!
Lilu lag in Ferdinands Bett, eng an ihn gekuschelt, und bedachte ihn mit ungefährlichen Liebkosungen.
Sie plauderten entspannt über die Ereignisse der letzten Tage und besprachen ihr Vorgehen für den Rest der Woche. Doch dann, gewiss ganz ohne ihr Zutun, ging ihre Unterhaltung plötzlich in Richtung Ferdinands verstörendem Traum von letztens. Und wie sie so die Details besprachen und erörterten, wie sich ein echter Succubus in einer solchen Situation verhalten würde und ob es wohl einen Bruch des heiligen Zölibates bedeutet hätte, kamen sie sich unaufhaltsam immer näher!
Mit einem Mal waren sie beide nackt und bemerkten es noch nicht einmal.
Ferdinand fühlte nur, wie sehr das Mädchen ihm nahestand, seine Seele ergänzte, ihm, seiner Person, seinem

christlichen Auftrag zu helfen bereit war ... bereit war ... für *ihn* ...!
"Lilu!", stöhnte er und spürte noch, wie sie ihre Arme um ihn schlang.
Sie zog ihn zu sich, auf sich, und alles geschah wie von selbst, und so vereinten sie sich zu ... zu einer Ganzheit, die einen erhabenen, heiligen Sinn ergab! So musste es der Schöpfer gedacht haben, als er Adam erschuf, und seine Gefährtin Eva, nach seinem Abbild, Zwei, die zueinander gehörten und erst dann vollkommen waren, wenn sie eins wurden ...!
Der Succubus wand sich unter ihm vor Lust und riss ihn mit sich.
Es wäre ohnehin zu spät gewesen, jetzt noch damit aufhören zu wollen!
Der Moment uneingeschränkter Hingabe kam und verging, und Ferdinand fand sich keuchend auf Lilus ebenso atemlosen, verschwitzten Leib wieder, gefesselt von ihren Armen und Beinen, die sie mit letzter Kraft an ihn presste.
"Lilu ...!"
"Ferdinand ..."
"Was ... was haben wir *getan*?!"
"Miteinander geschlafen. Richtig. Also im Traum. Zusammen, nicht allein ...", hauchte sie atemlos.
"Lilu ...", sackte er weinend auf ihr zusammen, als er sich der ungeheuren Schuld bewusst wurde, die er da auf sich geladen hatte.
Ihre Umklammerung wurde milder, zärtlicher, und sie flüsterte ihm ungemein tröstliche Worte ins Ohr und hielt ihn fest, bis er erschöpft endgültig einschlief.

Gleißend helle Sonnenstrahlen weckten den Pfarrer am frühen Morgen. Nun, nichts Ungewöhnliches für einen Sommertag.
"Ooouh ...", fasste er sich stöhnend an den Kopf, als ihm sein Traum wieder einfiel.
Das ging so nicht weiter! Der Dämon in seinem Haus wurde immer gefährlicher! Und Ferdinand schien ihm immer mehr zu verfallen!
Die Bibel auf dem Nachttisch lud zur kontemplativen, notlindernden Lektüre, doch er fühlte sich in dem Zustand zu schmutzig und *unrein*, um seine Finger an das heilige Buch zu legen.
Lieber erst einmal duschen und etwas Sauberes anziehen ... und nicht vergessen, die Badezimmertür abzuschließen!
Als er nach einer halben Stunde in sein Zimmer zurückkam, war Lilu gerade damit fertig, sein Bett neu zu beziehen.
"Guten Morgen", strahlte sie ihn an.
"Morgen", schluckte er und war plötzlich sehr verlegen, als er die abgezogene Bettwäsche auf dem Boden sah.
"Ich wasch dann mal wieder ...", erklärte Lilu gleichmütig, "aber keine Sorge, bei dem Wetter ist das ruckzuck trocken, bevor einer von den Nachbarn was mitkriegt ...!"
"Ja ... toll ... danke ..."
Ferdinand hockte sich resigniert auf die Bettkante und vergrub sein Gesicht in beiden Händen.

"Ist alles okay?", erkundigte sich der Dämon besorgt.
"Ja ... nein ... *nein*, natürlich nicht! Lilu! Das ist nicht okay was da letzte Nacht passiert ist!"
"Was ist denn passiert?! Also das da", deutete sie auf den Wäschehaufen, "ist doch nicht schlimm, kann man alles waschen. Oder meinst du unseren Traum?"
"Natürlich den Traum!"
"Ist nur ein Traum!"
"Ich sollte aber solche Träume nicht haben! Ich bin Priester!"
"Und ein Mensch. Menschen haben solche Träume. Und wie du weißt sind nicht immer wir Succubi daran schuld ..."
"Trotzdem. Es belastet mich. Ich will das nicht!"
"Du willst kein Mensch sein? Na, wenn *das* der Schöpfer hört!"
Ferdinand starrte sie befremdet an.
"Und überhaupt", fuhr sie unbeirrt fort, "da ist doch nichts dabei? Nimm den Herrn Dekan – glaubst du der hat nicht auch solche Phantasien? Nur muss er sie alleine mit sich ausmachen und heimlich schmutzige Bildchen aus dem Internet runterladen. Macht einen glücklichen Eindruck, der Gute!", klang sie mithin sarkastisch, "Aber du, mein Schatz", und damit setzte sie sich neben ihn, legte tröstend den Arm um seinen Rücken, schmiegte ihren Kopf an seine Schulter und erklärte zärtlich, "du hast mich dafür!"
Er ließ es eine Weile über sich ergehen, denn es tat ungemein gut, sie so bei sich zu spüren.
"Ich brauch 'n Kaffee", meinte er schließlich und ließ sich umgehend von einer vergnügt hüpfenden Lilu die Treppe hinunter zur Küche ziehen.

Sie hatte den Tisch schon für ihn gedeckt, sogar Brötchen geholt. Den Kaffee bekam er an den Platz gebracht; dann machte sie sich ans Rühreibraten.
Er sah ihr wortlos zu. Sehr angenehm, so bemuttert zu werden. Doch sein Gewissen sagte ihm, dass er sie besser fortschicken sollte ...
Lilu schien seinen inneren Konflikt nicht zu bemerken. Sie schaufelte ihm eine Riesenportion Rührei auf den Teller und sah aufmerksam zu, wie er davon probierte.
"Schmeckt's?"
"Hmhm ... lecker!" Das hatte sie mittlerweile echt drauf, das musste man ihr lassen. "Also das mit dem Kochen, da bist du richtig gut drin", ergänzte er gerne.
Sie strahlte vor Stolz und wurde dann verträumt.
"Du bist auch gut ...", schien sie der Welt entrückt.
"Ja? Bei was ...?"
"Im Bett ... im Traum ...", seufzte sie genießerisch und stützte ihr Kinn auf die Hände.
"Hm ...", machte er nur erneut missmutig und aß schnell weiter.
Lilu machte das anschließende Schweigen offenbar nichts aus, aber Ferdinand fühlte sich bald bemüßigt, etwas Konversation zu betreiben.
"Ich fahr' dann nachher in die Stadt", murmelte er.
"Darf ich mit?!"
"Nein."
"Warum nicht?!"
"Ich ... ich erledige nur kurz das auf der Bank und ... und ... ich brauch' mal ein bisschen ... ungestörte Zeit, okay?"
"Hmpf ... okay ...", fand sie das gar nicht toll.

Aber Ferdinand ließ sich nicht von seinem Entschluss abbringen – die Fahrt ganz allein durch die traumhafte Landschaft würde seinem Gemüt sicher guttun und ihm helfen, seine Gedanken zu sortieren.

"Das gehört zu einem Schließfach bei uns", erklärte die freundliche Bankangestellte, als der Pfarrer ihr den alten Durchschlag zeigte.
"Ach! Und wo sind die?"
"Da drüben die Treppe runter. Waren Sie noch nicht da?"
"Ähm, nein ..."
"Ist das denn nicht Ihr Schließfach?"
"Genau gesagt gehörte es wohl meinem verstorbenen Vorgänger ..."
"Ja, dann müssen Sie sich wohl an die Erben wenden. Außer Sie hätten die Karte mit der PIN."
Mehr ließ sich da nicht machen. Immerhin wusste Ferdinand nun, dass es also ein Schließfach gab ... vielleicht enthielt es den entscheidenden Hinweis auf das verschwundene Geld? Aber ohne Karte und PIN würde er es nicht herausfinden.
Er bedankte sich für die Auskunft, quittierte den Erhalt von 4000 Euro und machte sich auf den Heimweg.
Auf Höhe des Trachtenmodengeschäftes hielt er unvermittelt an und betrachtete die zünftig gekleideten Schaufensterpuppen. Wirklich hübsch.
Egal. Lieber schnell wieder nachhause fahren mit so viel Bargeld in der Tasche.

Der Weg über die gewundene Landstraße und durch die beschaulichen Dörfer verfehlte seine Wirkung nicht.
In aller Ruhe konnte er nun über Lilus Worte nachdenken ... über die menschliche Fehlbarkeit sogar bei den Dienern Gottes, aber auch über die unbestreitbare Schönheit Seiner Schöpfung.
Ferdinands Stimmung hellte merklich auf, und als er die heruntergekommene Abzweigung zum Hintermeierhof passierte, spürte er, dass er das Richtige tat.
Lilu empfing ihn aufgeregt und wollte jedes noch so unbedeutende Detail seiner Entdeckung wissen.
"Und kuckst du jetzt, was da drin ist?", fragte sie ungeduldig.
"Das würde ich schon gerne, aber ich habe weder eine Karte noch die PIN zu dem Schließfach!"
"Dann müssen wir danach suchen!"
"Das sagst du so leicht."
"Sind noch Sachen vom alten Pfarrer da?"
"Hier im Haus? Nein. Das wurde alles nach seinem Tod abgeholt. War nicht viel. Wir Pfarrer besitzen ja kaum was."
"Also hier im Haus ist nichts mehr?"
"Definitiv nicht."
"Und wo hätte er außerhalb etwas verstecken können?"
"Weiß nicht."
"Wo es garantiert nicht wegkommt?"
Sie starrten sich an.
"Drüben ...", fiel es Ferdinand ein.
"In der Kirche", ergänzte Lilu fast gleichzeitig.

Es bedurfte keiner weiteren Worte. Sie stieben davon und stürzten keine dreißig Sekunden darauf in das kleine Gotteshaus.
"Was meinst du?", blickte Lilu umher.
"Mal schauen ...", entgegnete Ferdinand.
Sie liefen das Schiff auf und ab, begutachteten die Heiligenfiguren, sahen unter den Bänken nach – nichts.
"Am Taufbecken vielleicht?", mutmaßte der Pfarrer, aber da ließ ihn der Dämon bitteschön alleine nachkucken.
Irgendwann kamen sie sich reichlich albern vor, wie sie hier in der ländlichen Dorfkirche nach einer Art Scheckkarte suchten, von der sie gar nicht wussten, ob sie überhaupt noch existierte.
Nachdenklich verließen sie den geweihten Ort und machten sich an ihr weniger spektakuläres Tagwerk.
Doch im Laufe der Woche spähten sie beide immer wieder nach möglichen Verstecken, ob im Pfarrhaus, im Garten, ja sogar bei den Hühnern ... und immer wieder auch in der Kirche.
Doch finden taten sie nichts.

Das Finanzamt zeigte sich gnädig und verschob nach Einzahlung des kleinen Teilbetrages die Frist für den Hintermeier, bis zu der er seine Schuld dem Staat gegenüber zu begleichen hatte - jedoch nur um wenige Wochen.
Dafür gab sich der Huber zunehmend forscher. Er rückte seinem Schwager immer mehr auf den Pelz und

setzte ihn gehörig unter Druck, von wegen "den Hof der Familie erhalten" und nicht "an den Finanzminister" verlieren, und an die arme Gretl sollt' er doch denken, was für eine Belastung das sei! Wo sie doch mit dem Geld, das er ihnen anbot, mehr als sorgenfrei leben konnten!

Wenn der Huber sich in die Nähe der Kirche traute, ließ er Ferdinand gegenüber gerne versteckte Drohungen fallen, freilich nur, wenn sonst keiner in der Nähe war.

Und dann besaß er die Frechheit, mit seiner blonden Gundi im Goldenen Adler aufzukreuzen! Ließ ganz zuvorkommend vom Feinsten für sie auftischen und pries angeberisch die Vorzüge der dörflichen Idylle in den höchsten Tönen, als habe er nicht vor, eben diese mit seinem Großprojekt zu zerstören!

Dabei überhäufte er sie mit ehrerbietigen Schmeicheleien, die sie sich gnädig anhörte.

Die Bauern, die ihm bei seinem unbeholfenen Balzgehabe ihr gegenüber zusahen, waren nicht sonderlich davon angetan!

Lilu hatte in der Zwischenzeit den größten Teil der Bücher durchgearbeitet und eine stolze Summe von knapp sechzehntausend unterschlagenen Euro zusammenaddiert! Was hätten sie mit dem Geld nicht alles bewirken können!

Ferdinand musste sie einfach loben. Ohne sie wäre er nicht so leicht durch das Wirrwarr gestiegen. Und außerdem verhielt sie sich des Nachts lammfromm ihm gegenüber, massierte allenfalls seinen verspannten Rücken und sprach ihm liebevoll Mut zu.

Und so fuhr er kurzerhand noch einmal mit ihr in die Stadt, um ihr höchstselbst ein fesches Dirndl in jenem Laden zu erstehen.
Lilu war überglücklich!
Die purpurrote, wadenlange Tracht mit rosa Karos und ebensolchen Blütenranken, geheimnisvoll schillernder Schürze und der unschuldig-weißen Bluse stand ihr auch wirklich ausnehmend gut, und sie überraschte ihren Pfarrer gleich damit am sonntäglichen Hochamt, als sie sich kurz nach Beginn der Messe dermaßen gewandet in die Kirche schlich – das lange, goldene Haar mit den kupferfarbenen Strähnchen dekorativ um den Kopf herum geflochten, so dass ihre Hörner bestens vor den Blicken Unwissender geschützt waren.
Auf diese Weise fiel sie natürlich auch so manchem Kirchgänger auf, und man registrierte mit gefälligem Nicken, dass das fesche Madl augenscheinlich doch recht gottesfürchtig war.
Ferdinand verstand hernach erst mit einer knappen Minute Verzögerung, dass er sie – zurück im Schutz der heimischen Küche – inbrünstig in den Armen hielt vor Begeisterung.
Verlegen ließ er sie wieder los und räusperte sich.
Lilu gab sich brav und senkte lediglich sittsam den Blick.
Der Rest des Tages verlief wunderbar angenehm.
Nach der Andacht gab es ein zünftiges Abendessen, und dann machten es sich der Herr Pfarrer und sein hübscher Hausdämon mit Cola und Weißbier auf der Couch vor dem Fernseher gemütlich und schauten den Tatort.

Mittendrin im Geschehen fragte Lilu plötzlich, "Wo tut man eigentlich seine Wertsachen hin, wenn man ganz sicher sein will, dass sie nicht geklaut werden?"
"Naja, in den Safe, würde ich sagen", bezog sich Ferdinand auf den TV-Krimi.
"Hast du sowas?"
"Nein, aber ich hab ja auch keine Wertsachen."
"Und in der Kirche gibt's auch nix Wertvolles?"
"Also, das Wertvollste ist für uns ganz sicher der Leib Christi, und den verschließen wir im Tabernakel", dozierte Hochwürden. Geweihte Hostien ließ man nicht einfach so herumliegen ...
Mit einem Ruck saßen beide aufrecht auf der Couch!
Ohne auch nur ein Wort zu sagen stürzten sie wenige Sekunden später aus dem Haus und eilten zur Kirche hinüber. Ferdinand schloss die Tür auf. Rechts vom Altar befand sich der kostbar verzierte Tabernakel, jenes kleine Schränkchen, in dem allenfalls geistliche Wertsachen aufbewahrt wurden.
Unschlüssig standen sie davor.
"Mach auf", bat Lilu ungeduldig.
Er folgte umgehend. Im Inneren des heiligen Schränkchens befand sich lediglich die vergoldete Schale mit den übriggebliebenen Hostien von heute.
"Tu die mal raus", verlangte sie.
Damit war der Tabernakel leer. Keine Bankkarte. Was hatten sie denn erwartet?!
Lilu hielt den Kopf schief und betrachtete das Innere genau. Vorsichtig streckte sie ihre Hand aus und schob das weiße Baumwolldeckchen zur Seite, auf dem die Schale zuvor gestanden war.

Der Boden des Tabernakels sah komisch aus. War gar nicht der Boden. Eine dünne Edelstahlplatte schützte das eigentliche kunstvolle Behältnis.
"Willst du oder soll ich?", fragte der Dämon seinen Gebieter.
Das wollte Ferdinand lieber selbst erledigen. Behutsam hob er das Blech an – und da lag sie! Im Scheckkartenformat und aus Plastik, die Kundenkarte der Bank! Er nahm sie ehrfürchtig in die Hand und betrachtete sie von allen Seiten – ja, die mochte zu einem Schließfach gehören!
"Lilu!"
Sie fiel ihm um den Hals und presste im nächsten Moment ihre Lippen auf seine, und so küssten sie sich furchtbar unkeusch in der Gegenwart des allmächtigen Herrn!

Unter normalen Umständen wäre das nicht passiert!
Sie hatten ja noch versucht, gesittet zum Pfarrhaus zurückzulaufen. Aber kaum war die Tür hinter ihnen ins Schloss gefallen, stürzten sie sich aufeinander!
Eng umschlungen und in innigste Küsse verwickelt kämpften sie sich die Treppe hoch, und weil Lilus Zimmer am nächsten war, fielen sie dort ein und übereinander her.
Hastig entledigten sie sich ihrer Kleidung – Dirndl und Soutane, war es denn zu fassen?! – und küssten sich immer leidenschaftlicher.

Ergriffen kniete Ferdinand auf Lilus Bettlager und nahm sie überwältigt in die Arme, während sie sich bedächtig auf seinen Schoß setzte und vor Verzückung langanhaltend seufzte.
Das war so ... *anders* als im Traum, so ... *intensiv* und ... *mitreißend* ...
Er fasste an ihre geflochtenen Haare und zupfte die Zöpfe auf. Lilus goldenes Haar ergoss sich über ihn, während sie sich rastlos an ihn schmiegte.
Er hielt sie fest umklammert, damit sie ja nicht aufhörte damit.
"Lilu ... Succubus ...", erinnerte er sie zwischen leidenschaftlichen Küssen atemlos an ihre wahre Natur.
Daraufhin ließ sie von ihm ab, zog ihn am Nacken hinter sich her und lag dann wehrlos unter ihm.
Succumbere ...
"Ferdinand ... mein Gebieter ...!", flehte sie wollüstig.
Er wäre ihr auch so erlegen. Zuletzt hatte er als Zivildienstleistender Sex gehabt, aber er hatte wohl nichts verlernt.
Wieder erlebte er dieses übermächtige Gefühl, mit jemandem zu einer vollkommenen Einheit zu verschmelzen! Es ließ ihn laut aufstöhnen, denn ihm offenbarte sich dabei ein so grandioser, genialer, göttlicher Plan ...!
Dann war alles um ihn herum ein einziger tosender Sturm, von dem auch die Frau, in deren Armen er lag, mitgerissen wurde, und seine Sinne setzten aus, denn sie ertrugen die Übermacht jener Empfindungen nicht.

Überirdische Helligkeit durchflutete den Raum, als Ferdinand am Morgen erwachte. Er blinzelte tapfer gegen die gleißenden Sonnenstrahlen an und erkannte doch kaum, wo er sich befand. Nicht in *seinem* Bett, auf jeden Fall. Lilus Zimmer!
Mit einem Schlag war er hellwach!
"Lilu!"
Doch er war allein. Was ... was war passiert?
Was hatten sie *getan*?!
Seine Soutane befand sich mit anderen Kleidungsstücken sorgsam zusammengefaltet auf einem Stuhl am Fenster, und er ahnte, dass er nackt unter Lilus Decke lag.
Dann war es dieses Mal kein Traum gewesen!
Stöhnend schloss er die Augen. Er hatte sein heiliges Versprechen gebrochen! Seinen Gott verraten, dem er lebenslange Enthaltsamkeit gelobt hatte!
Das war das Ende! So konnte er unmöglich weiter den Hirten spielen für seine Gemeinde! Wie sollte er denn das Evangelium predigen, wenn er doch selbst den Versuchungen Satans erlegen war!
Wie sollte er sich jetzt noch unter die Menschen trauen? Jetzt, nachdem er tiefer nicht hatte fallen können?
Oh Lilu! Was hast du getan!
Ferdinand brauchte eine ganze Weile, bis er aufstehen konnte. Bedrückt raffte er seine Kleidung zusammen und schlich hängenden Hauptes durch den Flur ins Bad.
Unter der Dusche vermischten sich seine Tränen mit dem heißen Wasser aus der Brause; so sehr schämte er sich, dass er ihnen nur da freien Lauf lassen konnte.

Als er sich endlich in Jeans und T-Shirt den Weg die Treppe hinab wagte, hatte er einen Entschluss gefasst.
"Lilu?"
In der lichtdurchfluteten Küche war sie nicht. Dafür stand die Terrassentür weit offen.
Ferdinand trat aus dem Haus. Welch ungewöhnlich intensiver Sonnenschein! Er musste die Augen mit der Hand schützen, so sehr blendete ihn das Licht.
Der Garten schien vor Leben zu brummen. Was war das? Blühten die Obstbäume etwa ... schon *wieder*?!
Woher kamen jetzt, Anfang Juli, Schneeglöckchen und Narzissen?!
Und wo steckte Lilu?!
Er fand sie im mäßig dunkleren Schatten unter dem Apfelbaum auf dem Boden hockend in ein seltsames Zwiegespräch mit allerhand Spatzen und Meisen vertieft und über und über mit Schmetterlingen bedeckt!
"*Lilu ...!*"
"Psst, du verscheuchst sie sonst!"
"Was ... was ist das?", stammelte der Pfarrer fassungslos.
"Passer Domesticus, Parus Major, Aglais Io ...", fing Lilu an, die verschiedenen Arten vorzustellen.
"Nein ... nein ... ich meine – *was machen die da?*"
"Sind sie nicht süß?", kraulte sie einer Kohlmeise vorsichtig das Köpfchen. "Komm, setz' dich zu uns!"
Er gehorchte automatisch. Er brauchte einen Moment, um das Bild, das sich ihm gerade bot, als real zu akzeptieren. Dann fasste er sich ein Herz und begann.
"Lilu ... wir ... wir müssen reden ..."
"Ja?"

"Das heute Nacht ... das ... das war zuviel. Das geht nicht."
"Es war wunderbar ..."
"Nein, Lilu. Es war ... falsch. Eine Sünde. Jetzt ist alles anders! Ich kann so nicht weitermachen!"
Lilu warf ihm einen verträumten Blick zu und wandte sich wieder an die Vögel auf ihren Händen.
"Lilu, verstehst du? Ich ... ich muss dich fortschicken! Und ich selbst ... ich werde mein Amt niederlegen, von hier weggehen, ins Kloster, und Buße tun, wenn das überhaupt möglich ist!"
"Ins Kloster? Was willst du denn *da*?"
"Hörst du mir nicht zu?!"
"Psst! Nicht so laut!"
"Ich habe furchtbar gesündigt! Ich ... ich brauche innere Einkehr und Buße! Ich kann nicht mehr unter Menschen sein!"
"Die Menschen brauchen dich aber!"
"Nein ... nein ... Lilu – ich habe sie alle verraten, und was am schlimmsten ist, ich habe meinen Herrn verraten!"
"Wie denn *das*?!"
"Jetzt tu doch nicht so! Der Zölibat! Ich habe vor Gott gelobt, keinen Sex zu haben! Niemals eine Frau zu berühren!"
"Ich bin keine Frau, mein Schatz, ich bin ein *Dämon*!"
Jetzt sah sie ihm ins Gesicht, erfüllt von unendlicher Liebe und noch mehr Verständnis, und nach einer kaum wahrnehmbaren Geste flatterten sämtliche Falter und Vögel aufgeregt davon.
Nachdem sich die bunte Wolke um sie herum aufgelöst hatte, betrachtete Ferdinand Lilu, als habe er sie noch

nie gesehen. Sie schien von innen heraus zu leuchten, war gar verantwortlich für das gleißende Licht im Garten!
"Lilu ...?", bekam er es allmählich mit der Angst zu tun, "Was machst du da? Warum ... ist alles so ... *hell*?!"
"Weißt du doch. Ich bin halt wetterfühlig. Wenn ich traurig bin, regnet es, und wenn ich glücklich bin, dann ... dann *scheint die Sonne*!" Und sie breitete ihre Arme aus und lachte gen Himmel. Der antwortete mit noch mehr Strahlen, die er aus seinem intensiven Blau zu ihnen in den Garten sandte.
"Lilu ...", war Ferdinand nun vollends verwirrt.
"Komm mal her", zog sie ihn zu sich und nahm ihn tröstend in die Arme. "Hab keine Angst ..."
"Aber ... ich habe aber gesündigt! Ich bin ... ein schlechter Mensch!"
"Nein, Ferdinand. Du bist ein Mensch. Und fehlbar, jaja, aber das macht dich nicht schlecht. Du bist so, weil Gott dich so gemacht hat! Und wer bist du, dass du den allmächtigen Schöpfer kritisieren dürftest?! Das Geschenk der Liebe ablehnen?! *Er* hat euch doch die Lust darauf gegeben! Ich meine, du verspürst auch Hunger und so. Kannst dich ja gerne darüber hinwegsetzen und dich weigern, zu essen. Mal sehen ob das deinem Herrn gefällt oder irgendwem nützt. Höre - Gott wollte dich so, wie du bist, verstehst du? Mit all deinen Ecken und Kanten und Talenten und Bedürfnissen. Es steht dir nicht zu, so zu tun, als könntest du seine Schöpfung *aufwerten*, es etwa besser machen, ... als habe er bei der Arbeit geschlampt!"
"Lilu! Aber die Kirche ..."

"Ist ganz viel unvollkommenes Menschenwerk, wenn du mal genau hinschaust. Es mag ja alles zu seiner Zeit richtig gewesen sein, aber es darf nicht zum Selbstzweck werden, irgendwelche uralten, längst sinnlos gewordenen Riten unreflektiert nachzuahmen, die in der Gegenwart vielleicht nur hinderlich sind."
Das klang gar nicht nach dem quirligen, naiven Mädchen, das der Dämon sonst vorgab zu sein!
"Aber ... ich weiß nicht mehr, was richtig ist!" Ferdinand fuhr sich gequält durch die Haare. Durfte er den Worten des Dämons einfach so vertrauen? Und worin bestand letztendlich sein eigenes Sündigen? War das alles wirklich genauso unredlich wie ... "Es macht mich fertig! Dass der Huber Toni so hinterhältig ist ... naja, er hat ja mit der Kirche nichts zu tun! Aber der Dekan! Er kann doch nicht glauben, dass er Gott hinters Licht führen kann, und dennoch ...?!"
"Siehst du? Der Herr Dekan ist kein schlechter Mensch, er tut ja niemandem was Böses. Naja, einige der Fotos auf seinem Computer könnten da auch eine ganz andere Geschichte erzählen ... aber sei's drum! Die künstlich auferlegte Enthaltsamkeit tut ihm nicht gut! Lenkt ihn mehr von seinem Werken im Dienste Gottes ab, als dass sie was nützt! Glaubst du, Gott *will* das?"
"Ich weiß nicht ... – woher soll ich auch wissen, was Gott wirklich will?!"
"Du sündigst ganz sicher nicht, nur weil du deinen Dämon küsst. Es schadet niemandem und tut dir so gut!"
"Mag sein ... – oh Lilu, du tust es schon wieder! Du *verführst* mich!"

"Zur *Liebe* ... wie *furchtbar*. Das ist doch wohl kein Verbrechen?!"
"Das nicht ... aber der alte Pfarrer! Lilu! Ein Mann der Kirche! Hat so viel Geld veruntreut! Und sich bestechen lassen, damit er die arme alte Vroni betrügt! Es ist grad so, als hätte ich mein Leben einem Haus voller Verrat und Lügen geweiht!"
"Ach Ferdinand, das *eine* schwarze Schaf darf dich nicht schrecken! Die allermeisten Diener Gottes sind absolut rechtschaffen und ehrenwert und machen die Welt zu einem besseren Ort! So wie du! Du wirst den armen Hintermeier retten!"
"Wie denn? Mit der Karte allein komm' ich nicht an den Inhalt des Schließfachs! Da fehlt immer noch der Geheimcode!"
"Dir wird schon etwas einfallen. Du bist seine letzte Hoffnung, und das ganze Dorf wird es dir danken. Du bist ein guter Mensch. Das ändert sich auch nicht dadurch, dass du mich küsst ..."
"Es gab da einen Kuss, der der größte Verrat überhaupt war!"
"Als Judas im Garten Gethsemane seinen Freund Jesus an die Römer auslieferte?", wusste sie gleich, was er meinte. Die Bibel hatte sie vielleicht noch nicht ganz gelesen, aber ihre Geschichten waren ihr offenbar durchaus bekannt ... aus welcher Quelle auch immer!
"Nun, ich habe da so meine eigene Meinung ... denn wenn er es nicht getan hätte, wie hätte Jesus dann die Menschheit retten sollen?"
"Aber er hat auch das Geld der Jünger veruntreut! Wie der ehrenwerte Herr Pfarrer!", klagte Ferdinand.
"Johannes zwölf, vier bis acht."

"Ich weiß."
"Dann ist es ja gut", meinte sie geheimnisvoll.
"Aber Lilu ... was, wenn es das Falsche ist, hierzubleiben, am Ende noch mehr zu sündigen, weil ein Dämon mir die Sinne verwirrt? Und an dem Tag, an dem ich einmal Gott von Angesicht zu Angesicht gegenüberstehe, stellt sich heraus, dass ich mich zum Bösen hab' verleiten lassen?!"
"Riskiere es, dich selbst zu opfern, denn ich werde bei dir sein, damit du den Menschen hilfst! Und das ist doch was Gutes, oder? Kommt ihr auf die Art nicht in den Himmel? *Wissen* kannst du es sowieso nicht, nur glauben! Aber du wirst es spätestens dann erkennen ... dass ich nicht von *Satan* gesandt bin!"
"Aber wenn ich doch Gott damit erzürne?"
"Tust du nicht."
"Wie kann ich mir da sicher sein? Ich weiß ja nicht, was Gott dazu sagt!"
"Ich weiß es aber."
"Wie bitte?!", starrte er sie erschrocken und ungläubig an.
"Ich weiß, was Gott sagt."
"Ach ... ach ja? Und was ... was sagt er so?"
"Willst du es hören?"
Er nickte voller Angst.
Und so begann Lilu. Sie öffnete ihren Mund, und heraus kamen seltsame Silben in einer anderen, fremden Sprache, die er ganz sicher noch nie zuvor gehört hatte. Sie hielt ihm mit ihrer süßen Stimme einen regelrechten Vortrag, den er nicht verstand, und als sie damit fertig war, sah sie ihn aus großen Augen erwartungsvoll an.

"Lilu ... das war ... ich habe kein Wort verstanden von dem, was du da geredet hast! Kannst du es nicht auf Deutsch sagen?"
"Nein, mein Liebster, das geht nicht. Glaub' mir, wenn ich Worte wüsste, die das auszudrücken vermögen, was der Schöpfer zu sagen hat, so hätte ich sie verwendet. Aber keine Sprache der Welt kann das. Es liegt in der Natur der Sache. Zu irdisch."
"Lilu ...", konnte er kaum fassen, was er da sah und hörte.
"Komm, Ferdinand, lass uns reingehen. Ich mach dir Frühstück."
Wie im Traum folgte er dem Dämon, der ihn resolut und fröhlich an der Hand zurück ins Haus zog.

Mit einem so liebevoll zubereiteten, reichhaltigen Frühstück im Bauch musste selbst der aufgewühlteste Pfarrer allmählich seine Ruhe wiedererlangen.
Dennoch verbrachte er den restlichen Vormittag in seinem Arbeitszimmer, wo er versuchte, das Erlebte und Gehörte zu verarbeiten.
Lilu besuchte ihn in unregelmäßigen Abständen, brachte ihm Tee, die Post und andere kleine Aufmerksamkeiten.
"Das Essen ist fertig", gab sie kurz vor Eins bekannt und setzte sich kokett auf seinen Schoß, "lass doch jetzt mal die Grübeleien!"
"Hab nachgedacht."
"Das seh' ich."

"Über das viele Geld. Wie sollen wir nur da dran kommen? Wir ... wir haben nicht mehr viel Zeit ..."
"Aber das Essen muss deshalb nicht kalt werden!"
Ergeben folgte er ihr in die Küche. Semmelknödel und Gulasch ... lecker! Der Dämon wusste, wie er Ferdinand verführen konnte!
Bald wurden ihre Gespräche wieder heiter und ungezwungen. Aller Zweifel – aller *Selbst*zweifel – war beiseite gefegt.
Ferdinand ertappte sich sogar dabei, wie er in Lilu ein Zeichen des Himmels zu erkennen glaubte, gesandt um ihm bei seinen Bemühungen um das Seelenheil seiner Mitmenschen hilfreich beiseite zu stehen.
Damit waren sie wieder bei jenem Thema, das sie am meisten beschäftigte, wenn man von ihren persönlichen Ausrutschern einmal absah – dem ominösen Schließfach, das möglicherweise das Geheimnis um das veruntreute Geld zu lösen vermochte, wenn man nur ... ja wenn man nur den Code wüsste, mit dem es zu öffnen war!
"Was nutzt uns die Chipkarte, wenn wir die PIN nicht kennen?", seufzte Ferdinand.
"Ach mein Schatz ...! Du weißt sie ganz sicher!"
"Nein! Woher denn?"
"Göttliche Fügung."
"Was meinst du?!"
"Na, ich habe dir heute Morgen eine Zahl genannt, und du hast gesagt, dass du das weißt."
"Welche Zahl?!"
"Die von dem untreuen Judas."
"Aus dem Johannesevangelium?"
"Ja."

"Johannes Kapitel zwölf, Verse vier bis acht. Was ist damit?"
"Ein kleiner Wink des Himmels?"
"Ich glaube ... *nicht*, dass ich dir folgen kann."
"Sag mal nur die Zahlen."
"Wieso?"
"Ferdinand! Jetzt lass dich doch nicht so lange bitten! Sag sie einfach!"
"Zwölf vier acht?"
"*Oh*! Du hast den Code geknackt!", mimte sie die Überraschte, "Herzlichen Glückwunsch! ... ich hab' nie daran gezweifelt, dass du tatsächlich drauf kommst!"
"Wo drauf?!"
"Das ist der Code! Die PIN!"
"W-woher willst du das wissen?"
"Ich weiß halt so Manches ..."
"Und warum hast du das nicht gleich gesagt?!"
"... wenn es an der Zeit ist. Keine Minute früher. Ich durfte dich lediglich dahin führen ... – nein nein, es ist schon so, dass ihr Menschen euch erstmal selbst helfen müsst, und dann kommt der Segen von oben hinzu."
"Das kann ... aber gar nicht sein ..."
"Na schön. Dann zweifel halt. Musst aber nur zur Bank fahren und es probieren. Dann wirst du schon sehen, dass ich Recht habe."
Ferdinand starrte das Mädchen an. Es waren so viele bizarre Dinge in so kurzer Zeit geschehen, dass er sich auch jetzt nicht wundern würde, wenn ...
"Kommst du mit?", fragte er auch schon.
"Au ja!"
Zehn Minuten später brummten sie in Ferdinands Kombi über die Landstraße. Sie mussten sich beeilen,

wenn sie noch vor Schließung der Bank in der Stadt sein wollten!
Sie erreichten ihr Ziel dann aber doch beizeiten und schafften es, ohne großes Aufsehen zu erregen geordnet den Schalterraum zu betreten und unauffällig die Treppe zu den SB-Schließfächern hinabzusteigen.
Mit der Karte erhielten sie Zutritt und nach kurzem Suchen fanden das gesuchte Schließfach. Auch hier mussten sie die Karte bemühen, und dazu den vierstelligen Code eingeben.
"Soll ich?", fragte Ferdinand atemlos.
"Mach."
Eins zwei vier acht.
Die Klappe ging auf!
"Lilu!"
"Ich hab's dir doch gesagt! Schau nach!", drängte sie.
Mit zitternder Hand griff Ferdinand nach dem Inhalt des Schließfaches.
Eine längliche Blechdose kam zum Vorschein.
"Was ist das?"
"Mach auf!" Lilu konnte es kaum abwarten.
Er klappte den Deckel auf, und dann trauten sie ihren Augen nicht!
Da lag nicht etwa ein Sparbuch oder ein Wertbrief oder ein sonstiger Hinweis auf das gesuchte Vermögen – nein, es war ein dickes Bündel Geldscheine!
"*Lilu!*"
"Zähl nach!"
"Was? Hier?!"
"Nur mal so grob ..."
Er fingerte an dem Bündel herum.

"Mehrere Tausend bestimmt ...", stellte er ungläubig fest. "Lilu ... das ist ... das ist ...!"
"Die Rettung. Komm, lass uns schnell heimfahren!"
Er verschloss die Dose hastig wieder und verstaute sie mühsam in seiner Jackentasche.
Niemand ahnte, was sie da bei sich trugen, als sie die Bank betont unauffällig wieder verließen und sich umgehend auf den Rückweg machten.

Sie hatten erst einmal eine Nacht darüber schlafen müssen. Das taten sie in Lilus Zimmer, in ihrem Bett, denn sie waren zu aufgekratzt, als dass sie jetzt hätten allein sein wollen.
Der Dämon kuschelte sich behaglich an seinen Gebieter und tat ansonsten nichts Unkeusches.
Im Traum gingen sie dann lediglich Hand in Hand in den herrlichen, sonnenbeschienenen Wiesen unterhalb der Berggipfel spazieren und genossen das Beisammensein.
Sie besprachen ihr weiteres Vorgehen.
"Dem Hintermeier wird ein Stein vom Herzen fallen", vermutete Lilu glücklich.
"Mit Sicherheit", entgegnete Ferdinand, "und dann hat er eine Sorge weniger."
"Hat er noch mehr?"
"Aber ja. Seine Frau, schon vergessen? Sie ist schwer krank."
"Ja, ich weiß ..."

"Lilu ... kannst nicht du ... könntest du nicht irgendwie ... *machen*, dass sie wieder gesund wird?"
"Ach Liebster, vielleicht könnte ich das sogar ... wer weiß ...! Aber ich bin nicht wegen *ihr* hier, sondern wegen dir, mein Gebieter!"
Er schaute sie von der Seite an und war merkwürdig froh, dass sie überhaupt da war.
Sie lächelte verliebt zurück.
Doch dann waren sie abgelenkt durch eine Gruppe von Motorradfahrern, die ganz in ihrer Nähe über die Landstraße donnerten.
Sie schauten ihnen interessiert hinterher und schlenderten weiter durch ihren Traum.
Viel zu früh war die Nacht vorüber. Sie erwachten wunderbar ausgeruht und machten sich an ihr Tagwerk, das unter anderem darin bestand, den Gemeinderat und den Hintermeier für den Abend einzuladen.
Bis dahin hatten sie auch das Geld gezählt – fast sechsundzwanzigtausend Euro! Das veruntreute Geld, und der Rest mochten die dreißig Silberlinge des Judas sein ... also der Lohn, den der alte Pfarrer für seinen Verrat kassiert hatte.
Nun mussten sie sich nur noch eine Geschichte zurechtlegen, die sie nachher den Bauern erzählen konnten. Sie blieben ziemlich nah bei der Wahrheit ... lediglich die himmlischen Einzelheiten ließen sie unerwähnt.
Der Alfons und seine Freunde staunten nicht schlecht, als sie von diesem Wunder erfuhren und das viele Geld sahen!

Sie machten aus, dass der Hintermeier nur die Summe zurückbezahlen brauchte, die nach Auskunft der korrigierten Bücher illegal abgezweigt worden war; von den restlichen zehntausend Euro wusste ja niemand, und er konnte es am besten von ihnen allen gebrauchen. Dann hatte er fast den Betrag zusammen, den das Finanzamt noch von ihm forderte!
"Aber werden die nicht danach fragen, woher ich jetzt auf einmal soviel Geld hab?", fragte er fassungslos über diese Wendung des Schicksals.
"Na, eine Leihgabe der Gemeinde!", meinte der Alfons zuversichtlich.
"Ja, aber dann fragen sie, woher die Gemeinde das hat!"
"In den Büchern stehen nur die mittlerweile wieder Zwanzigtausend", gab auch Ferdinand zu bedenken.
"Ja mei, 's sind halt Spenden!", fand der Gustl.
"Ja aber woher? Das muss die Gemeinde ja auch deklarieren!", informierte sie der Pfarrer.
Sie schauten ratlos Einer zum Anderen.
"Wir bitten im Gottesdienst drum", schlug Ferdinand vor.
"Aber mir san doch vui zu wenig Leut'!"
"Dann laden wir einfach welche ein", meldete sich Lilu zu Wort, die bisher kaum etwas gesagt hatte.
"Ja, wen soll'n mir daher einladen? 's müssten fei auch eine ganze Menge sein ...!"
"Wir fragen meinen Cousin."
Alle Augen waren auf Lilu gerichtet, nachdem sie diesen Vorschlag machte.
"Dein Cousin ...?", wusste Ferdinand nicht recht, was er davon halten sollte.

"Ja, der ist Präsident von 'nem Motorradclub. Da kommen locker hundert Biker zusammen. Die fahren doch ganz gern mal hier durch die Gegend, nicht wahr, Ferdinand? Haben wir nicht letztens welche gesehen?"
Der Pfarrer schluckte. Hoffentlich fragte niemand, bei welcher Gelegenheit ... beim gemeinsamen Träumen mit seinem Dämon war bestimmt keine Antwort, mit der die Anwesenden rechnen würden.
"Naja ... aber warum sollten die hierher kommen? Und ein paar Münzen in den Klingelbeutel schmeißen?", kratzte der Pfarrer sich skeptisch am Kopf.
"Mach doch eine Motorradweihe!" Lilu legte ihren Kopf schief und grinste fröhlich.
Die Männer starrten sie an, als sei sie nicht von dieser Welt ... nun ja, so war es schließlich auch.
Und gerade weil die Idee so außerordentlich ... *abwegig* war, beschlossen sie an diesem Abend, es genau so zu machen.

Zwei Wochen vergingen. Soviel Zeit benötigten die Vorbereitungen zu dem großen, unplanmäßigen Ereignis, das über einhundert Motorradfahrer in ihr kleines, beschauliches Dorf bringen würde.
Lilus Cousin hatte sofort zugesagt, als sie ihn um Hilfe bat! Er würde sogar ein paar Tage bei ihnen bleiben, kleines Familientreffen sozusagen.
Einige seiner Motorradfreunde hatten sich ebenso ein Zimmer in den umliegenden Bauernhöfen genommen; beim Hintermeier waren es gar sieben Leute, die sich

schon auf die Ausfahrten über die gewundenen Straßen entlang der Berge freuten.

Bereits am Freitag begannen die Aufbauten auf dem Dorfplatz vor der Kirche. So viele Motorräder mussten ordentlich Aufstellung nehmen können!

Es waren ausnahmsweise einmal die wenigen jungen Leute aus der Gemeinde, die begeistert mit anpackten.

Endlich ging in ihrem Kaff etwas ab!

Der Huber Toni kam vorbeigefahren und beäugte alles misstrauisch. Da niemand ihm groß Beachtung schenkte, verzog er sich jedoch alsbald wieder.

Am nächsten Tag begannen die Biker einzutrudeln.

Lilus Cousin war bei den ersten.

Donnernd brauste seine Harley die Gasse zum Pfarrhaus hinauf. Er musste gar nicht hupen, damit sie seine Ankunft bemerkten.

Lilu stürzte aus dem Haus und flog dem ganz in schwarz gekleideten, großen Mann laut jubelnd in die Arme.

Er begrüßte sie genauso überschwenglich.

Ferdinand wartete lieber an der Haustür auf die Beiden.

Lilu zog ihren Cousin an der Hand den Weg hoch. Irgendetwas an ihm stimmte nicht ...

"Ferdinand, das ist mein Cousin, Ingo Nachtmahr!", strahlte sie begeistert.

Ingo hatte den Helm abgenommen. Er war im ganzen Gesicht und bestimmt auch auf dem Rest seines Körpers wild tätowiert und grinste ungemein einnehmend, als er Ferdinand die Hand reichte.

"Hi, Mann, freut mich sehr!", raunte er mit tiefer Stimme.

"Ganz ... ganz meinerseits", stammelte der Pfarrer beeindruckt und betrachtete den Gast näher.
Ein Biker durch und durch. Schwarze Lederjacke, zerschlissene Jeans, diabolisches Kinnbärtchen, Piercings wo das Auge hinsah, zwischen militärisch kurzgeschnittenen Haaren die passenden Hörner und in Verlängerung seines Rückens ein langer, offen zur Schau getragener *Dämonenschwanz*!
Ferdinand war einer Ohnmacht nahe! Was hatte er sich eigentlich gedacht?! Lilus Cousin war natürlich *auch* ein Dämon!
"Ingo ist Präsident des MC Heaven's Daemons!", verkündete Lilu stolz, "Und er ist ein *Incubus*!"
"Heaven's Daemons ...", wiederholte Ferdinand verdattert.
"Nicht verwechseln mit den Hells Angels!", grinste Ingo, der dies sicher des Öfteren klarstellen musste.
"Komm rein, es gibt Kuchen!", hüpfte Lilu aufgeregt auf und ab.
Ja, war sich der Pfarrer sicher, es war sicher angebracht, schnell im Haus zu verschwinden. Und dann half nur noch Beten, dass er die Nacht mit zwei Dämonen im Haus unbeschadet überstehen würde!

Der sonntägliche Gottesdienst unter freiem Himmel vor der Dorfkirche bei Kaiserwetter war ein voller Erfolg!
So cool und rauhbeinig die Männer mit ihren schweren Maschinen auch wirkten, so ergriffen waren sie dann

doch von Ferdinands Worten, und als er für die Anwesenden um Gottes Segen auf all ihren Wegen bat und an ihre Kameraden erinnerte, die bedauerlicherweise nicht mehr unter ihnen weilten, da kullerten sogar ein paar Tränen über die wettergegerbten Gesichter.

Der Pfarrer erklärte noch, welchem Zweck die heutige Kollekte dienen sollte – nämlich dem geschätzten Bruder vor dem Herrn, dem Hintermeier Poldi, damit der mit dieser designierten Leihgabe seinen alteingesessenen Hof vor dem Abriss retten konnte. Später würde das Geld in die Renovierung der Kirche fließen.

Da applaudierten die Biker und nickten ihre Zustimmung, um dann ordentlich Geld in den Klingelbeutel zu legen.

Auch die Bauern aus dem Dorf waren anwesend und tuschelten anerkennend. Hochwürden mochte ungewöhnliche Wege gehen, aber das Ergebnis war erstaunlich! Zwar machten die schweren Maschinen einen gehörigen Krach, doch was war das schon gegen die Aussicht auf den fortwährenden Rummel, der den Dorfbewohnern durch jenes monströse Hotelprojekt drohte! Sie freuten sich sehr, einen so engagierten, bodenständigen Hirten in ihre Mitte geschickt bekommen zu haben.

Alle bis auf einen. Der Huber Toni stand abseits der Menge und blickte immer finsterer drein. Er machte auf dem Absatz kehrt und war schon verschwunden, als der Riesenpulk von Motorrädern sich zu einer ausgedehnten Ausfahrt im Anschluss an die Weihe aufmachte.

Er hatte keine Ahnung, dass er beobachtet worden war. Der Präsident des Motorradclubs, dieser große, unheimliche Mann mit dem merkwürdigen, langen Accessoire an der Hose, hatte es ebenso vorgezogen, ein wenig Abstand zu den sakralen Elementen zu nehmen, und seinem Blick entging absolut nichts.

Ein diabolisches Lächeln huschte über sein Gesicht, als er dem Fiesling hinterherschaute, ehe er mit lässigen Schritten zurück zu seiner Harley ging.

Lilu begleitete ihren Cousin auf dem Soziussitz zu der Fahrt über das herrliche Land, während Ferdinand mit den fleißigen Helfern vom Gemeinderat Tische und Bänke schleppte. Die Biker würden sicher Hunger haben, wenn sie von der Ausfahrt zurückkamen, und die Bauern hatten für alles gesorgt – Semmeln vom Bäcker, Steak und Bratwürste und Cola und Bier und unzählige selbstgebackene Kuchen ... da herrschte bald Volksfeststimmung!

Und so war es auch – bis in den Abend saßen sie da auf dem Dorfplatz, die Biker und die Bauern, und auch wenn die meisten bald aufbrechen mussten, so war man sich doch einig, dass sie im nächsten Jahr das Ganze wiederholen sollten.

Allmählich leerte sich der Platz. Die verbliebenen Clubmitglieder halfen beim Aufräumen und begaben sich dann zu ihren Unterkünften.

Ingo kam mit ins Pfarrhaus, wo sie sich zu einem abschließenden Weißbier in der Küche versammelten.

"Zähl doch mal nach!", drängte Lilu Ferdinand, doch endlich mal die vier Körbe auszuleeren, die sie während der Messe herumgereicht hatten.

Der Alfons und der Gustl nickten zustimmend. Warum nicht gleich nachschauen, was an Spenden zusammengekommen war?

Gemeinsam sortierten sie Scheine und Münzen und erfassten jeden Cent – fast zweitausend Euro! Wer hätte das gedacht! Dabei hatten sie doch nur das bereits vorhandene Geld unauffällig legalisieren wollen!
"Das sollte wohl reichen", erinnerte sich Ferdinand an die Forderung vom Finanzamt, etwas über dreißigtausend Euro.
"Wow!", staunte Lilu und drückte damit aus, was alle empfanden.
"Das geben wir morgen gleich dem Poldi, und dann bringen wir's gemeinsam auf die Bank, und Ruh' ist!", bestimmte der Alfons.
Das war eine gute Idee, und so konnten sie erleichtert Abschied nehmen für die Nacht.

Der Hintermeier brach in Tränen aus, als er am nächsten Morgen im Pfarrhaus vorstellig wurde und das gesammelte Geld überreicht bekam.
Der Alfons klopfte ihm aufmunternd auf die Schulter.
"Komm', lass uns losfahren. Umso schneller ist's erledigt!", drängte er zum Aufbruch.
Der Freund nickte voller Dankbarkeit, und sie machten sich auf den Weg.
So konnte denn der Alltag wieder einkehren.
Ferdinand machte sich in seinem Arbeitszimmer an allerhand liegengebliebene Angelegenheiten, und Lilu fuhr mit Ingo noch einmal durch die Berge. Fast hätte man meinen können, alles sei in bester Ordnung.

Doch am Abend, als sie gerade bei der Vesper saßen, polterte jemand wütend an die Haustür. Als gäbe es keine Klingel!
"Soll ich gehen?", grinste Ingo dämonisch.
"Nein, ist schon gut ...", murmelte Ferdinand zaghaft.
Kaum hatte er die Tür geöffnet, da stürmte auch schon der Huber Toni herein, mit hochrotem Kopf und vor Zorn fast überschäumend.
"Was fällt Ihnen ein!", brüllte er gleich los, "Von Ihnen lass ich mir mein Hotel nicht verderben!"
"Jetzt beruhigen Sie sich mal", versuchte Ferdinand, sachlich zu bleiben.
"Einen feuchten Furz werd'i! Sie ... Sie ... Sie werden mich noch kennenlernen! So leicht kommen's mir net davon!"
"Gibt es ein Problem?", ertönte Ingos tiefe Stimme von der Küchentür. Er lächelte dem Huber kalt entgegen.
Der starrte den großen, furchteinflößenden Mann überrascht an, bevor er sich wieder dem Pfarrer zuwendete, vor dem er weit weniger Angst hatte.
"*Das werden Sie noch bereuen!*", zischte er böse und mit drohend erhobenem Zeigefinger und schlug die Haustür lautstark hinter sich zu.
"Er hat mitbekommen, dass sein Schwager mit dem Finanzamt im Reinen ist", erklärte Ingo seelenruhig.
"Und jetzt?", fragte Ferdinand und atmete erst einmal durch.
"Jetzt fährt er in die Stadt und trifft sich mit seiner Gundi."
"Und dann?!"
"Wir werden sehen ..", grinste der Dämon geheimnisvoll.

Ein Schauer lief über Ferdinands Rücken, und er war heilfroh, dass Lilu bei ihm war, die munter beim Essen weiterplauderte und deren unbekümmertes Lachen ihn noch bis in den Schlaf begleitete.

Lilu kam in seinen Traum.
"Nanu, bist du nicht mit deinem Cousin Motorradfahren?", wunderte sich Ferdinand und nahm sie in die Arme, als sie sich neben ihn bettete.
"Nö, der ist unterwegs", meinte sie nur gleichgültig.
Sie schmiegte sich an ihn und seufzte zufrieden.
"Du bist ein Held", flüsterte sie anbetungsvoll, "du hast den Hintermeier gerettet!"
"Und jetzt wünscht mich der Huber zum Teufel!"
Das fand Lilu irre komisch. Sie gluckste vor Lachen.
"Wenn der wüsste!"
"Ja ... wenn der wüsste ...", bestätigte der Pfarrer und drückte seinem Succubus einen Kuss auf die Stirn.
Lilu streichelte ihn sanft. Unter ihren Liebkosungen kam er zur Ruhe. Ihre Nähe erfüllte ihn mit einem Gefühl von ... *Frieden*. Das war schön. Sie bedrängte ihn auch gar nicht weiter, sondern begleitete ihn lediglich in einen wohltuenden, traumlosen Schlaf.
Am nächsten Morgen stand neben Ingos Harley eine weitere vor dem Pfarrhaus.
Ferdinand, der es von seinem Fenster aus sah, zog erstaunt die Augenbrauen hoch und ging die Treppe hinunter in die Küche, in der ein schrilles Surren von der Aktivität der Kaffeemaschine kündete.

Ingo stand davor und erwartete das Ende des Brühvorgangs.
"Moin. Willst du auch einen?", begrüßte er den Pfarrer.
"Hmhm ... gerne ... danke ...", erwiderte der.
"Lilu sagt du kannst Motorradfahren?"
"Ja ..."
"Hab 'ne Maschine besorgt von meinem Kumpel. Wir machen einen Ausritt, okay?"
"Ja ...? Ist ... ist das die neben deiner?"
"Ganz genau."
"Und ... und wo geht's hin?"
"Zum Hintermeierhof. Wird bestimmt lustig."
"Okay ..."
Keine Stunde später waren sie unterwegs, Ingo vorweg und Ferdinand mit Lilu unmittelbar hinter ihm.
Sie bogen von der Landstraße ab in den holprigen Wirtschaftsweg.
Vor dem heruntergekommenen Bauernhaus parkte ein teures Cabrio mit einem Münchner Kennzeichen.
Noch im Absteigen hörten sie bereits aufgebrachte Stimmen! Da lieferte sich jemand ein erbostes Wortgefecht!
"Let's go!", wies Ingo unternehmungslustig den Weg, als sei er schon oft hier gewesen.
Sie betraten das Haus durch die angelehnte Eingangstür und begaben sich geradewegs in die Stube, aus der der Streit zu ihnen schallte.
Da stand der Toni, zusammen mit der schicken Gundi, und beschimpfte den Hintermeier aufs Übelste. Auf dem verschlissenen Sofa saß die arme Gretl und weinte bitterlich.

"Des interessiert mich ein' *Scheiß* was du willst!", blökte der Toni gerade aufgebracht, "Des Hotel is' eine beschlossene Sache! Wart nur, ich habe Freunde! *Einflussreiche* Freunde! Wenn du mir nicht freiwillig verkaufst, dann wirst' halt enteignet, verlass dich drauf!"

"Der Poldi hat auch Freunde", nutzte Ingo gelassen die Atempause.

Der Huber fuhr erschrocken herum – er hatte ihr Eintreten gar nicht bemerkt!

Und auch die Gundi blickte nun zu ihnen. Bis jetzt hatte sie nur entschlossen zu ihrem Toni geschaut.

Jegliche Farbe wich in Sekundenbruchteilen aus ihrem Gesicht, als sie den Biker erkannte!

"*AH*!", schrillte sie, "*AAAAHHH*!" Und schon stieb sie davon, aus der Stube, durch den Flur, aus dem Haus, und im nächsten Moment heulte der Motor des Cabrios auf, das mit durchdrehenden Rädern davonraste.

"Soviel zu den einflussreichen Freunden", bemerkte Ingo trocken.

Dem Huber schwammen die Felle davon.

"Gundi!", rief er entsetzt seiner Geldgeberin hinterher, als könne die ihn noch hören, "Gundi! Wo willst' dann hin! Komm' zurück!"

Und auch er rannte nun aus dem Haus, in dem er ohnehin nicht willkommen war.

"Was ... was macht's dann *ihr* da?", stotterte der Hintermeier entgeistert.

"Wir machen grad 'ne Tour auf der Harley", erklärte Lilu vergnügt, als sei sie nicht gerade Zeugin einer äußerst unangenehmen Auseinandersetzung geworden.

Sie hockte sich ohne Umschweife auf das Sofa neben die Gretl und nahm sie tröstend in den Arm.
"Geh', es wird schon wieder ...", murmelte sie ihr beruhigend zu.
Der Hintermeier öffnete den Wohnzimmerschrank, holte eine Flasche Obstler heraus und eine Handvoll Gläser.
"Trinkt's auch einen?" fragte er, und man merkte ihm an, wie die Anspannung nur langsam nachließ.
Ferdinand wollte ablehnen, aber Ingo nahm gleich an. Da blieb auch ihm nichts anderes übrig. Naja, einen Schnaps ...
Die beiden Dämonen kannten in der Hinsicht ohnehin keine Skrupel. Sogar Lilu kippte den hochprozentigen Brand ohne mit der Wimper zu zucken hinunter.
"Gottseidank seid ihr kumma, wer weiß was er sonst noch gemacht hätt'!" Der Hintermeier schüttelte noch immer fassungslos den Kopf und goss nach.
"Er wird nicht wiederkommen", erklärte Ingo ruhig und lehnte dann aber einen zweiten Schnaps dankend ab.
"Wie willst' des wissen?"
"Er hat kein Geld mehr für sein Vorhaben. Die Gundi wird ihm garantiert nichts mehr bezahlen."
"Sicher?"
"Absolut sicher." Der Ton des Dämons überzeugte sie alle.
Sie schauten sich an. Hatten sie jetzt tatsächlich das drohende Unheil abgewendet?! Ein befreites Aufatmen ging durch die Runde.
"Fahren wir weiter?", fragte Lilu unschuldig.

Die Drei verabschiedeten sich und kehrten nach einem ausgedehnten Umweg zum Pfarrhaus zurück, wo der Kumpel vom MC sein Bike wieder in Empfang nahm.
Sie wollten noch zusammen essen, bevor Ingo sich auf den Rückweg machen musste.
Lilu hatte einen köstlichen Nudelauflauf vorbereitet, über den sie sich jetzt hungrig hermachten.
"Kusinchen, das ist wirklich lecker!", lobte Ingo die Köchin.
Sie bedankte sich mit einem kecken Lächeln.
Die Zwei verstanden sich großartig. Und wirkten so menschlich dabei!
Eine Sache brannte Ferdinand noch unter den Nägeln.
"Wisst ihr denn, was der Gundi so zugesetzt hat? Ich meine, das war ja nicht normal, wie sie da regelrecht geflüchtet ist!", hoffte er auf Erkenntnis.
Die beiden Dämonen sahen sich wissend an und grinsten.
"Ingo ist ein Incubus ...", bemerkte Lilu vorsichtig.
"Ich ... ich weiß ..."
"Ich war letzte Nacht bei ihr", bekannte der Cousin, "ich hab' sie *heimgesucht*!"
"Heimge ...", wiederholte Ferdinand ungläubig, bis ihm klar wurde, was das bei einem Incubus bedeuten mochte, "*oh mein Gott!*"
"Das hat sie auch gesagt, als ich mit ihr fertig war."
Lilu strahlte vor Stolz und bedachte ihn mit einem liebevollen Blick.
Ferdinand schluckte. Daran würde er sich gewöhnen müssen ... - wer sich mit Dämonen umgab ...!
Nach dem Essen verabschiedete sich Ingo recht bald.

Sie begleiteten ihn zu seinem Bike und winkten ihm hinterher, als er sich mit schnarrendem Getriebe auf den Weg machte.

Fast hätte Ferdinand den Arm um Lilu gelegt, aber er wartete dann doch lieber damit, bis sie wieder sicher vor den Augen der Nachbarn im Haus waren.

Erst da zog er sie zu sich und küsste sie auf den Mund.

"Danke, Lilu ..."

"Gern geschehen ..."

"Und wie geht's weiter?"

"Wir werden sehen ..."

"Bleibst du bei mir?"

"Aber ja!"

"Gut. Dann bin ich beruhigt."

"Wieso?", machte sie große Augen.

"Weil ich dich liebe."

"Wow! Wenn das der Chef hört!"

"Was ... was wirst du ihm dann sagen?"

"Dass ich dich auch liebe."

"Gut", seufzte er, "sag ihm Grüße von mir."

Ende

Die Ascalon Saga
von Odine Raven

Derius

ISBN 978-3837097277
Eigentlich wollte Emma im Auftrag ihres Online-Magazins Gerüchten über Außerirdische nachgehen.
Doch als ihr Wagen mitten in der Nacht auf dem einsamen Wolfsberg in der Nähe einer alten Ritterburg liegenbleibt und sie die Bekanntschaft des geheimnisvollen Burgherrn macht, kommt alles ganz anders.
Nichtsahnend, dass diese Begegnung ihr Leben für immer verändern wird, bleibt sie notgedrungen für ein paar Tage bei ihm und wird hineingerissen in eine rätselhafte, unheimliche Geschichte, die wie ein Fluch über der Burg und ihrem scheuen Bewohner Desiderius d'Ascalon liegt.
Auf ihrer Suche nach der Lösung dieses Rätsels findet Emma nicht nur Hinweise auf Hexen und Vampire, sondern auch zu sich selbst - und eine außergewöhnliche Liebe!

Die Kinder des Kain

ISBN 978-3741282225
Was tut ein Vampir nach fast vierhundert Jahren Hausarrest? Er will die Welt sehen!
Emma nimmt Derius mit in ihre Heimatstadt Mainz, entgegen aller Bedenken des mürrischen Burgwarts Hofmann.
Und tatsächlich wird die beschauliche Landeshauptstadt mit einem Mal offensichtlich von einem Vampir heimgesucht!
Auch Emma gerät in Gefahr - und damit kommt der Stein ins Rollen ...
Wie soll Derius den Wolfsberg vor mordlüsternen, umherziehenden Vampiren schützen? Er muss den Großmeister der Vampirlogen finden ...
Doch bis sie endlich an ihr Ziel kommen, machen Emma und er erst noch die Bekanntschaft einiger besonderer Kinder des Kain - unter ihnen auch die totgeglaubte Hexe!

Reines Blut

ISBN 978-3743192102
Das mit dem Knoblauch ist, man muss es einmal in aller Deutlichkeit so sagen, bloß ein Gerücht, das sich so hartnäckig hält wie sein Duft und bei echten Vampiren lediglich Heiterkeit auslöst ...
Genau wie Weihwasser - das hat die Vampirin Sarah auch nicht davon abhalten können, fast dreihundert Jahre lang als Nonne in einem Kloster zu leben! Und wenn Sarah sich etwas in den Kopf setzt, dann kann es auch schon passieren, dass ein Vampir wie Caraidland MacLochlan, der sich doch eigentlich gar nichts aus Frauen macht, sich von ihr zu einem äußerst waghalsigen Abenteuer verführen lässt. Nicht das einzige für die Ascalons. Die Vampire reisen nach Amerika, wo Rays verschollener Vater vermutet wird, und sie treffen auf wahrhaftige Vaganten, die es auf Emmas Blut abgesehen haben!
Dabei glaubt sie, das größte Abenteuer, das ihr bevorsteht, sei ihre Hochzeit mit Derius ...
Wie wenig ahnt sie, dass der mordlüsterne Corbinian dem Territorium am Wolfsberg immer näher kommt und das Glück zu zerstören droht!

CPSIA information can be obtained
at www.ICGtesting.com
Printed in the USA
BVHW031331120419
545355BV00002B/397/P